錬金術師の
ゆるふわ離島開拓記
Kisetsu Morita
森田季節
イラスト 松うに
JN242616

協力してくれるなら……
余は飼われてもよいぞ？

それ、もふもふし放題って
事ですね!!

錬成鍋の下にある
魔法陣に、
【火炎石】を置いて——
効き目が強くな～れ♪
効き目が強くな～れ♪
それとあんまり苦くなくな～れ♪
はい。
特製ポーション
完成です！

寝る時は人の姿
なんですね

い、いいじゃろ。別に

Contents

Chill and Airy Memoirs
of the Alchemist's Remote Island Frontier

錬金術師のゆるふわ離島開拓記

Chill and Airy Memoirs of the Alchemist's Remote Island Frontier

Kisetsu Morita
森田季節
イラスト 松うに

プロローグ

Chill and Airy Memoirs of the Alchemist's Remote Island Frontier

「続いて、今回の試験で最優秀の成績を収めたフレイア・コービッジさんに抱負を語っていただきます」

学園長が私の名前を指名したので、私は生徒の方々の間を縫うように堂々と歩き、演壇に向かう。

学園朝礼の時間は私のハレの舞台だ。

――最高学年で最優秀の成績！

つまり私こそが王立錬金術学院における最高の生徒ということ！

ここは全校生徒の模範になるような素晴らしいスピーチをしなければ！

「皆さん、私たちはもうすぐ長い学院での生活を終えて、各地の錬金術の工房へと羽ばたくことになります。そこで実際に働くことの厳しさも学び、さらに錬金術師として飛躍していくわけです」

壇の横に控えている恩師のミスティール教授をちらっと見た。

この国には珍しい、長い黒髪が印象的な大物女性錬金術師だ。

教授は「うんうん、ここまでは悪くないぞ」という顔で腕組みしていた。

よし、この怖い指導教官も納得してるなら、もはや何も恐れることなどない。

「では、ここで皆さんに問いたいと思います。錬金術師になる目的とは何でしょうか？」

私はゆっくりと同級生たちの頭に視線を送ってから続けた。

「それは――安定した生活を送るためです！」

断固とした調子で私は言った。

少しばかり同級生たちがざわめいた。

失敬な。ほかにどんな理由があるだろうか？

「私は物心ついた時には親も親戚もない立場でした。将来が不安どころの騒ぎではありません。ですが、錬金術に興味を持ち、幼い頃から施設の近くにあった工房に出入りしたおかげで才能を開花させ、無事にこの王立錬金術学院に入学することもできました！　あとは成績順に場所を決められる就職先の工房選びで、最も立地条件のいい工房を指名して、徹底して安定した生活を送るだけです！」

ああ！　これまでの苦労の日々が走馬灯のように駆け巡る！

「人間が突如として食事不要になることがありえないように、錬金術が突如として人々の生活に不要になることはありえません。皆さんも場所は違えど工房に就職して、安定した生活を送ってください！　人生にトラブルは不要ですから！　毎日三度のおいしい食事と追加のおやつ、ほどほどの労働に、できればお昼寝、それで人生は幸せに満たされ――うぅっ！　教授、襟元を引っ張らないでください！　首が、首がっ！」

「こっち来い！　強制退場だ！」

スピーチの途中でミスティール教授に引きずられた。

首が絞まって、本当に走馬灯が見えそうだ。それは困る……。

「そ、そんな……。まともで夢のある演説だったはずなのに……」

「よし、言いたいことは教官室で聞いてやる。そこまでおとなしくしていろ」

「それって犯罪者を連行する時の言葉ですよね？　私は犯罪者じゃないですよ！　ねえ、聞いてくださいってば！」


そのあと、私は本当にミスティール教授の教官室に放り込まれた。

私の実習は教授が指導教官のため、この部屋自体は私もよく滞在している。というか、私物を置きまくって、一部を占領していた。

「フレイア、ああいう場ではな、立派な錬金術師になって社会に貢献しましょうみたいなことを言えば丸く収まる。そんなこと、お前もわかっているはずだ」

教授はあきれながらも、私の分のお茶も淹れてくれた。口調がきついので怖い教官と誤解されがちだが、根は優しい人なのだ。

ちょっと褒めすぎかな？　根は優しい怖い教官っていうのが正確か。

「だって、『錬金術を研究してまったく新しい魔導具を開発するぞ！』なんて夢に燃えてるならともかく、大半の錬金術師は生活のためにやってるだけじゃないですか。駆け出し錬金術師でも作れるポーション作成でお金を稼いでるのが実態です」

教官室にほかに誰もいないので、私はぶっちゃけた話をする。どうせほかにこの教官室に入りびたってる学生などいない。

錬金術師という職業の最大の魅力は「安定」だ。これは私だけが言ってることじゃなくて、ただの事実だ。

なにせ、王立の学院を卒業した者しか錬金術師の資格はもらえない。ポーションなどの薬品を野良の怪しい錬金術師に任せるのは危険だからだ。

働ける人数が限られていて、人間が暮らしてる場所には必ず一定の需要がある――ならば食いっぱぐれることはない。

身寄りがなくて施設育ちの私にとって、こんな理想的な職業はない。実力主義の職業だから、親の身分が低いどころか親が不明な私でも差別されることがない。

なお、晴れて学院を卒業して錬金術師になると、卒業前に選んだ工房に三年間、勤続する義務が生じる。

これを俗に「奉公期間」と呼ぶ。

そうすることで、錬金術師がいない土地が発生しないようにするわけだ。

あくまで理念上は。

実際には錬金術師が少なすぎて、不便な土地というのは国の各所にある。

むしろ、錬金術師不毛地帯があるため、そういう場所に新卒錬金術師を派遣することでバランスを保とうとしていると言ったほうがいい。

おかげで成績が悪い卒業生は不人気な土地、つまりド田舎に行くことになる。でも、その点も私はぬかりはない。

私の成績は学年トップ！

成績順に勤務地は選べるから、王都近郊の工房で働ける！

「お前なら、研究職でも上に行けそうなんだがな。まあ、本人にやる気がないという最大の欠点があるが」

「さすが指導教官、よくわかってるじゃないですか」

私は教授の淹れてくれたお茶を飲む。

あんまりおいしくない。これは教授のせいではない。学院の教務課がまとめて買っている茶葉を使っているせいだ。

味が納得できない教官は個人で高級な茶葉を用意するが、こだわりがないなら教務課で茶葉をもらってきたほうが早い。

窓の外から喧噪が聞こえてくる。学校だから当然だけど、風雅とはかけ離れた環境だ。

こんな場所なら茶葉も安物でいいやという気にもなる。

学院は頭が悪いと入学できないけど、かといって貴族の子女が礼節を学ぶ場じゃないから騒がしい。一応は男女共学だが、世の錬金術師は八割が女子で、学院もその割合だ。魔法関係の素質は女子のほうがいいらしい。

「来月の工房選びで、王都近辺の高級住宅地の工房を指名します。繁華街ほどごみごみしてなくて、住民の金払いもいい！　うるさい先輩がいそうな大型工房でもない！　長くだらだら錬金術師をやっていくには最高の環境です！」

教授は「こいつ、何を言っても無駄（むだ）だな」という顔をしていた。

本音を言うと、教授に対して、少し申し訳ないという気持ちもある。

成績トップの教え子に一切（いっさい）の向上心がないというのは寂（さび）しいだろう。

どうせなら「【賢者の石】を作って、不老不死の秘密を解き明かしてみせますよ！」と意気込むぐらいの教え子のほうが気持ちよいのではないだろうか。いや、それはそれで危なっかしいから嫌かな……。

しかし、安定した生活という夢を諦（あきら）めるわけにはいかない。

日々の暮らしが不安定では何もできない。安定こそ第一だ。

「まっ、勝手にやれ。学生時分から将来のことを考えすぎてる奴（やつ）のほうがレアだ。……にしても、さっきから異様にうるさいな」

教授が窓に視線をやった。喧噪の出どころだ。

たしかに外から悲鳴みたいなものまで聞こえる。遊んでる次元ではないな。

「声の方向からして、校舎の裏の丘あたりですね」

「おおかた魔導具（アーティファクト）の【召喚石】を下級生が持ち出して、オオカミでも召喚してしまったんだろう」

錬金術師とその卵がうじゃうじゃいる学院なので回復はお手のものだから、教授も落ち着いている。

ちなみに、【召喚石】というのは、文字通り、動物を呼び出す魔導具だ。

火や水をちょっと出すような魔導具（アーティファクト）よりはるかにインパクトがあるので、下級生が実習室から持ち出してイタズラに使いがちである。

「ちょっくら見てきましょうか」

私は壁にかけていた白衣をさっと着込む。

それから役に立ちそうな薬品をいくつかポケットに押し込む。

「首を突っ込むつもりか？　何が起こってるかわからんし、近場の教官に任せておけ」

「私がやりますよ。ふふふっ、ここで事件を解決すれば私の地位はいよいよ盤石（ばんじゃく）になりますし。この学院最強の生徒だということを知らしめるいい機会です」

あとになって思えば、こういうのは本当に教官に任せたほうがよかった。

◇

現場の丘に行ってみると、本当にオオカミが召喚されていた。

問題はそのサイズだ。

もし後ろの足二本で立ち上がったら人間の大人二人分ぐらいの身長はあるのではないか。長い尻尾（しっぽ）を含めると大人もう一人分増えるかもしれない。

「毛並みも神々（こうごう）しいですし、これは幻獣（げんじゅう）クラスですね」

幻獣というのは神と獣の中間的存在で、地域によっては信仰対象にもなっている。

「超高性能の【召喚石】を使いましたね……。これ、どうするんですか……」

不幸中の幸いなのは、幻獣のほうに暴（あば）れまわる意図はないらしいことだ。

どっちかというと、突然呼び出されて「ここ、どこ？」とでも思っているようだ。

「悪いですけど、一時的に拘束させてもらいますね」

私はポケットに手を突っ込む。

取り出したのは、ボール状の丸薬。

「表面の部分は砂糖味でおいしいらしいですよ！　さあ、どうぞ！」

私はそれを幻獣の口に放り込む。

幻獣はそれをごくんと飲み込んだ。おいしいというのは本当だったようだ。

まだないのかという顔を幻獣が向けてきたので、私は手を横に振った。

「あっ、もうないです。それと、もうすぐそれどころじゃなくなります」

しばらくすると、幻獣がこてんと横に倒れた。

四足歩行のオオカミが横になっても転倒した気はしないが、間違いなく転倒だ。

幻獣が「どうなってるんだ……」という顔をしているのがその証拠。

「ぐふっ！　ぐふーっ！」

幻獣は少し抵抗を示そうとしたが、尻尾ぐらいしかまともに動かない。

動かれたら私の身が危ういからな。これはしっかりと止(とど)まってもらわないと。

「そのボールは煉獄蛾(れんごくが)の粉を丸薬にしたものです。人間サイズの動物に使えばそのまま死にますけど、あなたのサイズなら一時的な麻痺(まひ)で済むでしょう。実際、巨体の動物を出現させてしまった場合のボールなんです」

なお、この粉は自然由来のものなので厳密には魔導具(アーティファクト)ではない。丸薬にして道具のように使ってるけど。

「グフゥ……グフ……」

「あなたのような大型獣が暴れると、最悪の場合、教官たちであなたを討伐する話になります。それは私も望むところではありません。どう考えても呼び出した学生が悪いですし。なので、無難な落としどころを提案いたしたいと思います」

幻獣が小さくうなずいた――ように見えた。おそらく話は通じている。

「あなたはしばらくすれば動けるようになります。今から【透明薬(とうめいやく)】をかけて見えないようにしますので、その間に学院から距離をとってください。ついでに、一週間分の薬もお渡しします。これだけあれば、どうとでもなりますよね？」

私は布の袋を幻獣の前に置いた。

ずいぶん都合のいいことを言っている自覚はあるが、これは私が第三者だからだ。

事件の解決には第三者が介入すべきである。領主の所領問題だって、たいてい紛争当事者じゃない領主が仲裁して終了するものだ。

白い幻獣はうなずいた。

あらためて見ると、本当に新雪のような白い毛並みだ。

「不服な点がありましたら、どうか学院を襲撃する前に私にご連絡を。ミスティール教授門下のフレイアと申します。一学生の私では話にならなくても、指導教官のミスティール教授はこの国最高の錬金術師とも言われる実力者なので、交渉もできるかなと」

「グァル……ガウ」

よし、これでＯＫをもらえた――気がする。

「さて、交渉は成立したと思いますが、ちょっと交渉役の役得に預からせてください」

私はおもむろに幻獣に近づくと――

その毛をさわさわ～と撫(な)でた。

「ガウゥ……」と幻獣が「自分は子犬じゃないんだけどな」みたいなあきれた声を出した。ただ、即座に不快感を示す様子はないので少しは許容してくれるらしい。そこはあくまで大型の犬だ。

「いやあ、これは神の要素が混じった生物と言われる幻獣で間違いないですよ」

さわさわ、ぽんぽん、さわさわ、なでなで。

ぽんぽん、ぱんぱん、さわさわ、ふぁさふぁさ。

幻獣が「こいつ、やけに長く撫でてない？　ぽんぽん叩(たた)いたりもしてるし」と思ってる気がするが、もう少しだけ待ってほしい。

この毛並みの触り心地、まさに神の領域なのだから！

「うわー！　よすぎる！　よすぎます！　これはもはや生きてる毛布（もうふ）でしょ！」

ここ最近で自分のテンションが一番上がったと思う。なんて優しくなめらかな毛並みなんだ！

大型の獣でなければ出せないふわふわ感！

学院近くで飼われている犬や野良猫を撫でるのは私の数少ない趣味の一つだ。まあ、実家が存在しない私は趣味でも贅沢（ぜいたく）がしづらいというのもあるが。

でも、この次元の毛並みを味わってしまったら、近所のわんちゃん猫ちゃんには戻れないな。いえ、わんちゃん猫ちゃんが撫でていいよという態度で来てくれたら撫でるけども。それはそれ。これはこれ。

「あ～、これはいけません、いけません！　最高の感触！　この世界でトップの感触！　人をダメにする毛布っ！」

あ～、犬吸いならぬオオカミ吸いだ～！　ポーションなどなくても即座に体力全快！　すさんだ心もフル回復――なんてことをしていると、
手（厳密には前足）を頭に載せられた。

そろそろやりすぎだぞと言われたような気がした。

「おっ、もう体も動くんですね」

幻獣が鼻を鳴らしてうなずいた。

「それでは【透明薬】を処方させていただきましょう」

私は薬を幻獣の白い毛の上にかけていった。

次第にその姿が見えなくなっていく。

「うん、どこからどう見ても透明です」

草が倒れ込んでいることで近くにいれば場所はわかるけれど、何も知らなければ気づくことはないだろう。

どうやって元の棲み処に帰るのかは不明だけど、幻獣側が何も要求してこなかったので、目途はついていると思われる。

草の沈んでいる場所がだんだんと遠くに移っていく。

幻獣の帰還だ。帰る場所知らないけど。

「お疲れ様でした。もう会うことはないと思いますが、また会う日まで」

最後に我ながらどうかと思うことを言って、私も校舎に戻ることにした。

「幻獣のトラブルを解決したわけだし、これで私の株はさらに上がってしまいますね。くっくくく……」

◇

——三日後。

私は午前の実習の授業が終わると、ミスティール教授に教官室まで引きずられた。

「幻獣問題を解決したことで、学院長からのお褒めの言葉でも届きましたか」

「ほぼ真逆だ」

よく怒る教授が内省的な深いため息を吐いた。

「お前、煉獄蛾の粉の丸薬とか、大量の【透明薬】とか、生徒が無許可で持ち出したらダメなものを薬品保管庫から取っていっただろう。よって、しばらく謹慎ということになった」

「なんか、罰せられる側になってるぅぅぅぅぅ！」

「工房の選択権も最後に回されることになった。好立地の工房は絶対に残ってないので、そのつもりでいろ」

「いやいやいや！　罰が重すぎませんか⁉」

もちろん私は抗議したが、教授は失望の目でこちらを見るだけだった。

「成績は優秀だが言動には問題の多い奴を首席として卒業させると、いろいろ危険だと学院の上層部が判断した。王都近郊で働いて不祥事を起こされると目立つから、できるだけ問題が伝わりづらい僻地(へきち)に行ってほしいわけだな」

「学院当局の事なかれ主義だ！　断固反対！　教官室の前で座り込みして抗議します！」

「これ以上騒ぐと退学になるぞ。錬金術師の資格もなくなるぞ？」

教授ににらまれた。

「くっ……。それは困ります……。資格のためにこれまで努力してきたのに……」

「例年、誰も選んでないような僻地の工房がこのへんだ」

教授が私の前に工房のパンフレットを差し出す。

……標高の高い山中の小屋みたいな場所。

……魔物が跋扈する森の中。

……×印がついている工房はなんだと思ったら、洪水で村ごと消滅していた。

「安定どころか、一年後に生きていられるかわからない立地！」

「一種の左遷人事みたいなものだな。いやあ、大人の世界は恐ろしいな」

「淡々と語らないでくださいよ！　教え子のピンチ、どうにかしてください！」

私は恥も外聞もなく教授に泣きついた。

自分の人生にとんでもなく影響が出るので、恥を気にしている場合ではない。

「靴を舐めて事態が好転するなら、私はいくらでも舐めます！」

「いらんわ。キショいこと言うな。靴の価値が下がる」

「じゃあ、学院当局のお偉方の靴を順番に舐めます！」

「落ち着け。それと、靴を舐めたら本当に退学になるから、絶対やめろ」

さすがに冗談のつもりだったが、こいつだとやりかねないと思われたらしい。

「私も錬金術業界ではそれなりに名前が通っている。多少の口利き(くちき)はできる」

「それなりどころじゃないです。教授は現在の錬金術師で最高の技術を持っているとまで言われている大物です。そうです！　教授の力があればどうにかなりますね！」

三白眼のミスティール――その二つ名を錬金術業界で知らぬ者はない。教授は文句(もんく)なしの天才なのだ。

その教授が一肌脱いでくれるなら、私が僻地に飛ばされることもない！

「僻地の工房を精査して、一番優れている物件を確定させた。ここにしろ」


「それ、僻地内の好物件じゃないですか……」


「しょうがない。無許可での取り扱い禁止の薬品を使ったことは事実だからな」

「幻獣が暴れてたんですよ！　あれはいわば人助けで――」

「幻獣、おとなしくしてなかったか？　私が見に行った時は遠目にそう見えた」

「そ、そのとおりです……」

しまった。幻獣が何の被害ももたらしてないから、私が暴走したことが目立ってしまっている……。

「心配しなくても命にかかわるような危険な立地じゃない。意地悪な先輩錬金術師もいない。王都からは遠いが、お前、同窓会に来ないタイプの人間だから問題ないだろ」

「事実だからといって、言っていいことと悪いことがありますよ」

親が錬金術師というわけでも何でもない叩き上げなので、私を敵視している人はけっこう多かった。こういうのって、親の七光りみたいな生徒のほうが憎まれそうだけど、将来権力者になりそうな生徒をあからさまに恨(うら)むのはリスクだ。よって、身寄りのない好成績者の私が憎まれたりする。

ひどい話だ。

ただ、友達がいない→休日も遊ばないので、錬金術の勉強に時間を使える→成績が上がる、というプラスのスパイラルもあるので、そんなに苦にはならなかったのだが。

いわば、友達がいないことが成績トップの私を作ったわけだ。

暗いんじゃなくて、孤高なのだ。その点、わかってもらいたい。

クラスに一人はいる、近寄りがたい美少女みたいなタイプを想像してほしい。現実には誰も近寄ってこない美少女だったかもしれないけど。

「ちなみに、生徒が集まって『フレイアさんの罰則が重すぎます』などと言ってきたら減刑も考慮されたと思うが、誰一人言ってこなかったので、今回の処置になった」

「友達作っておくべきだったと今、初めて後悔しました……」

まさかこんなところで実害が生じるとは。

がっくりと頭を沈めている私の視線に工房の紹介パンフレットが入った。教授が差し出してきたのだ。

「本当に悪い話じゃないと思うぞ。ちょっと読んでみろ」

「青翡翠島工房……？　ずいぶん南の島ですね。翡翠って北方で産出するイメージですが」

青翡翠島は南海に浮かぶ離島のようだ。

「翡翠とはまったく別の鉱物らしいが、大昔、きれいな緑色の石が見つかったのは歴史的事実だ。それが国王に献上されて、翡翠と似ているということで青翡翠島の名前を賜った。そんな石は以降見つかってないから、本当に偶然なんだろう」

「まあ、まだ世界で一例しか見つかってない鉱物なんてのは普通にあるようですから、緑の石が偶然出てもおかしくはないですね」

その石を発見できれば、一生遊んで暮らせるお金になるのでは。そんなことを私は思った。言ったら、ひんしゅくを買いそうだ。

「その青翡翠島は長らく錬金術師が誰もいないらしい。集落が島に三つあるだけだが、農業も漁業もやっていて、家畜も飼っている。お前の理想の安定した生活も、食生活面では守られそうだ」

「まあ、食事のバリエーションが広いのはプラスの材料ですね」

たしかに交通が不便ということを除けば生活はしていけそうだ。

というか、ほかの僻地がひどすぎて、選択肢にならない。

「わかりましたよ。この島で安定した暮らしを実践してやります」

「それは島の住人と仲良くできるか次第だな」

今更になって、教授がものすごく生々しいこと言ってきた。

「島民から『なんだ、この余所者』とか思われたら不味いですね」

「むしろ、お前が『なんだ、この田舎者たち』と露骨（ろこつ）に顔に出したりしそうで、心配だ。だが、どうにかはなるだろ」

教授はぽんぽんと私の肩に手を置いた。

「お前は性格はアレだが錬金術師としての能力は素晴らしい。自分を信じろ」

「性格も褒めてくださいよ」

「事実を伝えないのは錬金術師の倫理に反する。技術はある。顔も悪くはない」

「生んでくれた顔も名前も知らない母親に感謝です。捨てる時に金貨千枚でも置いておいてほしかったですが」

「ただ、性格だけは……いちじるしく難がある」

「師弟関係の風通しがよすぎて、困ります！」

こうして、私は南の島で工房を営（いとな）むことが決まってしまったのだ。

第一章　発光玉と特製ポーション

Chill and Airy Memoirs of the Alchemist's Remote Island Frontier

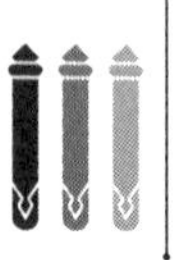

青翡翠島（あおひすいじま）への船旅は大陸の港から六時間半かかる。

問題　船に乗りなれてない人間が六時間半も船旅をするとどうなるでしょう？

大半の人は「酔う」と答えるだろう。

甘い、甘すぎる。そんな当たり前のことなら問題の意味がない。

答え　超酔う！！！！！

「うあああ……た、助けて……これは無理ぃ……」

私は客室で倒れて、ずっとぐったりしていた。

酔うとは思っていた。なので、酔い止めも飲んでいた。

その程度でどうにかなるわけないだろ！　ちょっとは考えろ、過去の私！

船員さんの「島が見えてきたぞ」という声が聞こえてきた時、私は助かったと思った。

私もふらつきながら、景色が見えるところまで移動した。

自分が暮らすことになる島の全景を見ないのも変だろう。

私が青翡翠島を目にした第一印象は、

「やっぱり、山がちですね」

だった。

高い山が中心にそびえていて、本の挿絵で見たことのある島の姿とほぼ同じだ。

といっても、山に集落はないらしいので、毎日坂道を上るということはないはず。

この島で私は最低、三年間は暮らさないといけない。それが「奉公期間」だ。

錬金術師として正式に認められるためには、三年間、島で工房を営む必要がある。

三年たったら、王都の近くに引っ越そう……。なぜならそっちのほうが都会で便利だから。

「島の住人が全員いい人で、余所者の私も笑顔で受け入れてくれますように」

私は手を組んで、そんなことをばくぜんと神に祈った。具体的にどの神様かは決めてなかったけれど。

二十分後、私は島に上陸した。

◇

青翡翠島の港は青翡翠島港という。

そのまんまだが、青翡翠島には港が一つしかないので、専用の地名が必要ないのだ。

そんな小さな港にこんな横断幕が！


『歓迎！　新しい錬金術師さん！　ようこそ青翡翠島へ！』


その横断幕の端をそれぞれ持っているのはおじさんとおばさんだった。

情報量が少なすぎる気がするけど、島に上陸するだけでテンパってるので許してほしい。

「やあやあ！　あなたが錬金術師さんだね？　私はカノン村のクレールだよ」

おばさんの声は想像の五割大きかった。よく見ると、服が農作業用のものだ。

「よくぞお越しくださいました。カノン村の村長を務めるマクードです。本当に久々の錬金術師さんということで島全体で歓迎しております」

マクード村長のほうはいかにも役場で働いてそうな服装だ。

「ありがとうございます、王立錬金術学院を三月に卒業したばかりのフレイア・コービッジです。

早速の歓迎、率直に言って、ほっとしています」

「ほっとしていると言いますと？」と村長が聞き返してくる。

「あの……あくまでも一般論ですが、新入りが新しい環境に引っ越すと、現地でなじめなくなるということがよくあるというか……。繰り返しますが一般論ですよ？」

「はっはっは！」『あはははは！　やだねえ！」

二人は大きな声で笑った。村長の声もなかなか大きかった。

「長らく錬金術師がいない島で、錬金術師さんにそんな塩対応をしてしまったら、困るのはこちらですよ。田舎（いなか）ですからもてなしもしれてるでしょうが、居心地の悪い環境を自分から作ることはしませんよ」

「前の錬金術師の人が高齢で引退してから、十五年もこの島は錬金術師が不在だったからねえ。私たちにとったら、神様が降りてきてくださったようなもんさ」

ありがたい。懸念点の一つが早くも消えそうだ。このまま消えてくれ。村中、接しやすいいい人であってくれ。

「あっ、そうだ、そうだ。つまらないものですがお土産（みやげ）を持ってきたんです」

私が二人に差し出したのは小さな青い石にヒモを通したもの。

「おや、これは？　装飾品でしょうか？」と村長はその石を目のそばに持っていった。

「石を両手で覆（おお）ってみてください」

私の言葉に二人は石を両手で包むようにする。

「あっ！　手の中の石が光ったよ！」

昼間だからちょっとわかりづらいかもだけど、これが夜なら五メートルぐらいまでは照らすことができる。

「【発光玉（はっこうぎょく）】という魔導具（アーティファクト）です。闇（やみ）を感知すると、光るようになっています。そんなに苦労もせずに作れますので、どうぞ差し上げますよ」

「へぇ……こんなものまで作っちゃうんだね。前に住んでいた錬金術師のおばあさんは薬品作りは腕がよかったけど、こういう魔導具(アーティファクト)はほとんど作らなかったから新鮮だよ」

「薬学に特化した人もいますからね。私の場合はもう少しなんでも屋寄りです。この手の工作も好きでちょくちょくやっていました」

錬金術師という職業のイメージは、人によって大きく二つに分かれる。

一つが――薬草などからポーションや解毒薬などの**魔法薬**を作る人。

もう一つが――**魔導具**(アーティファクト)を作る人。

どちらのイメージも正解だ。そんな錬金術師はいる。そして、その二つはまったく別の職業のようだが、本質は変わらない。

錬金術師とは魔力で、モノに新しい価値を与える職業である。

だから薬草から魔法薬を作る人も魔力を足して回復力を強化するし、魔導具を作る人は言うまでもなく特殊な効果をモノにつける。

私はどっちかというと、新しいアイテムを作るのが好きだ。

安定した仕事はありがたいが、飽きるのは望ましくない。ポーション作りもちゃんとやるつもりだけど、おそらくそれだけでは時間が余る。小さな島ではポーションの需要も少ないからな。

「【発光玉】って言うんだねえ。これなら夜、歩く時も便利だよ。フレイアちゃん、ありがとうね」

早速名前を覚えてもらえた。今のところは順調、順調。

「では……馬車で工房までご案内いたしますね」

そう言った村長の顔色はなぜか青かった。

おや？　青くなる要素なんてどこにもないはずだけど……。


「おっ、見えてきたねえ。あの三角屋根と煙突の建物が工房だよ」

揺れる車内から外に向けて、クレールおばさんが手を突き出した。

おばさんや村長の住むカノン村の横を通過した馬車は、そこから体感で十五分ほどたって目的地の工房に到着した。

よし、ここから私の新生活がはじまるのだ！

私の目に映(うつ)ったもの、それは――

三角屋根が印象的な――廃屋(はいおく)だった。

「ボロボロ！　年季が入ってるって次元じゃなくてボロボロ！」

現物を見て、新生活どころじゃないなと悟った。

建物全体がツタでぐるぐる巻きにされたようになっている。

門の前には背の高い草が伸びていて、開閉すらままならなさそうだ。

「はは……なにせ十五年、無人でしたからなあ……。しかも、この工房の裏手のほうは水も湧いてたんですが……そのぶん湿気も多くて、なかなか鬱蒼としてますな……」

村長は遠慮がちに言った。さっきの青い顔の理由はこれか。

「ははは……フレイアさん、屋根が抜けたり、壁が落ちたりはしてませんから……中をきれいにすれば住めはするはずです……。国からも古いが使用可能と許可を得てますし……。ほ、本当ですかられ……？」

「むむむ……国が住めると言ってるなら仕方ないですね……」

使用可能という判断はまっとうだ。建物自体は頑丈らしく、壁が崩れたり、屋根が落ちたりはしていない。ドアも外れたりせずにしっかり建物の中を封印している。

本音を言うと、それが一番困る！

掃除してこの建物を使うしかない。

「もっとも、数日後に工房を開店させるといわけにはいかないですよ？　今のままだとドアまでたどり着けませんので。準備期間はいただきますよ？」

私は村長のほうを見て、確認をとった。

ドアの前に南方の植生っぽい細い木が生えている。これじゃ、物理的に入れない。

村長は露骨にあさっての方向に顔を向けてから、

「はい、ゆっくり準備なさってください……。うかつに中を開けて、危険な薬の入ったビンを割ったりしても、フレイアさんの迷惑になりますし……ここはすべてフレイアさんにお任せしようということになりまして……」

錬金術師というのは怖がられる仕事ではないけど、知らない人が気楽に仕事場に入っていい仕事でもない。爆発物を調合する錬金術師もいるにはいる。

「これが工房のカギです……。内部はカギがかかっていない裏口から半年に一回確認していますが、床が腐っていることも野生動物が棲みついてることもありません」

私は村長から工房のカギを受け取った。

この瞬間、私はこの目の前の工房の所有者になったのだ。

木が邪魔で物理的に入れない工房だが。

「では、こつこつ開店作業に取りかかるということで」

幸い、工房を到着後、何日以内に開店させないとダメという決まりはない。

むしろ、建物がボロいという事態も想定されるから、何日で開店させないとダメというルールを決めてないいんだろう。

最悪の場合、違う場所で薬を作って、工房の敷地（門のあたりとか）で週に三十分だけ販売するなんてことも可能ではある。行商するよりはルール上、無難だと思う。

「しかし、なんとか中には入れるようにしないと、いきなり野宿になるなあ……」

テント泊の実習は学院でもあったけど、工房の前でやるのは屈辱だ。

なお、テント自体は荷物のどこかにある。職業上、素材探しで山や森に泊まることはありうるからだ。どこに放り込んでるか忘れたけど。

「あははは！　まあ、ゆっくり開店準備をしてくれたらいいさ！　それまでうちで寝泊まりしていきな！　子供たちは島の外へ働きに出てるから部屋も余ってんだよ！」

救いの神はここにいたか！

「本当に、本当にお願いします。母と呼ばせてください」

「申し出はうれしいけど、おおげさすぎるよ」

「おおげさではないです！　野宿を回避できるんですから！」

これはおばさんに足を向けて寝れない。

馬車の馬と目が合った。こんなところにずっといても退屈か。

「それじゃ、カノン村に引き返しましょう。工房に荷物も運び入れられないですし」

村長は申し訳なさそうに頭を下げた。

「どれだけ時間がかかっても構いませんので、この工房で島のために錬金術師を続けてください……」

村と上手くやっていけるか気にしてたら、むしろ村長に謝罪されることになるとは……。

「クレールおばさん、荷物も一時的におうちに置けますか……？」

クレールおばさんが爆笑してＯＫしてくれてよかった。

◇

十五分後、私は村の人たちの前で自己紹介をしていた。

私が馬車から降りたらどんどん人が集まってきて、自動的に自己紹介の時間になったのだ。

「え～と……錬金術師のフレイア・コービッジと申します。カノン村の先の工房でお店を開く予定です。なにとぞよろしくお願いいたします」

この村ってこんなに人が住んでるのかというぐらい、みんな集まってきた。

「よろしく頼むね～」「これまでは足をすりむいても、自己流で草をすり込んでたから助かるよ」「タマネギとキャベツとレタスは腐るほどあるから全部あげるよ」「孫ができたみたいでうれしいのう」

どうやら好意的に受け入れられているようでよかった。

「ただ、工房が荒れてまして……開店するには時間がかかるのでご了承ください。緊急の薬は開店前から処方しますので！」

村の人たちも工房の現状はよくわかっていたようで、そりゃそうだよなという顔をされた。開店が遅いことを責められないなら、私は無敵だ。

いや、私もできるだけ早く開店はしたいが、あの工房が再稼働できるのがいつになるか想像つかないんだよね……。

荷物はクレールおばさんの家の物置に置かせてもらった。

「にしても、ずいぶんご立派な物置ですね」

学院時代の私の寮だと何部屋分だろう。しかも物置といっても、木造の掘っ立て小屋なんかじゃなくて石造りで堅牢（けんろう）だ。

「木造だと潮風で傷（いた）むし、それなりにいいのを先祖が建てたみたいだね。ここなら保存状態も大丈夫なんじゃないかい？」

やっぱりクレールおばさんをお母さんと呼ぶべきだな。お世話になりまくっている。

「もう、ここで工房を開きたいんですけど、さすがに工房の住所を無断で変えるのはアウトか……」

「引っ越し自由だと工房の場所を決めている意味がなくなるからねえ！」

「まさにそういうことです。抜け穴対策をされてます……」

クレールおばさんと夫のオグルドおじさん、さらに村に住んでる親戚の人が手伝ってくれたので、荷卸しはあっというまに完了した。

「本当に感謝いたします。人が集まると効率がよすぎる。もはや錬金術では⁉」

「畑仕事が空いてる時間なら、工房を動かすための作業も手伝うぞ。力仕事ならやれるからな」とオグルドおじさん。寡黙（かもく）でそんなに笑わないがいい人そうだ。

「うれしいお言葉なんですが、そこは私でやります。甘えすぎてもよくないですので」

オグルドおじさんに、私は丁寧（ていねい）におじぎをした。オグルドおじさんはあごひげがもみあげにまでつながっている。年の割にいかにも俊敏に動けそうな体つきで、農家というより猟師みたいな感じがある。

こっちとしては、商品を全部タダにするわけにもいかないし、なあなあが加速しすぎると何も村の人に売れなくなる。それでは困る。

それに、工房近くの「雑草（ざっそう）」は抜く前に私が確認するしかない。

そもそも錬金術師にとって、「雑草」など本来は存在しない。あらゆる草には薬効があり、適切な知識があれば「薬草」として使えるのだ。

まして、工房付近だと、先代の錬金術師が植えていた貴重な植物の可能性がある。うかつに抜いてしまうと取り返しがつかない。工房の作業は私がやるしかないのだ。

本当は、やりたくないけどね！　朝起きたらきれいな工房になってましたで許されるならそれが一番なんだけどね！

引っ越し作業が終わったあと、私は一人で村を見て回ることにした。

少し高台に上ってみると、畑が段々になっているのがよく見えた。

そのところどころに家が点在していて、ずっと奥に海が見える。

「『海からはちょっと内陸に入ったところにある村だから、潮風はマシ』と」

私はメモ帳を取り出して、所感を記入していく。

「『屋敷の数が思ったよりも多い』と。港へと通勤してる人がいるんでしょうね。『生活には悪くない土地と思われる』と」

観察は錬金術師において大切だ。

たとえば、植物は薬草と猛毒の毒草がそっくりだったりする。民間でもニラとスイセンを間違えて中毒を起こすなんてよくある。スイセンを食べると本当に危ない。

それも徹底した観察で大半は回避できる。

観察が大切なのは植物に限らない。島をよく知らないのでは、商売も上手くいかない。

「来る前はとんでもない田舎だと思ってましたが、それなりに豊かに暮らしている印象ですね。温暖なのがアドバンテージになってるんでしょうか。生き馬の目を抜くハードな世界でなくてよかったです」

世の中には騙(だま)されたほうが悪いというのが常識になってるすさんだ土地もあるというが、そんな場所じゃなくて助かった。

「港近辺にはいろんなものも売っていましたし、慣れてしまえばどうにかなりそうですね。…………工房を開店できればの話ですけど」

私は村の地図も簡単にメモ帳に描いていく。

学院では地図作成の授業もあった。

ミスティール教授いわく、「地図を作るのが得意になれば、めあての植物もすぐ見つけられるようになる」とのこと。

どこに水の手があるだとか、どこがよく日が当たるだとかがわかれば、植物の発見も早くなる。

それに森に分け入るのも珍しくないから、地図を書けないと遭難する。

「私の場合、どこに店舗があるかとかを覚えるために作るんですけどね。なにせ、近場に住むわけですし」

独り言を言いつつ、村の地図はメモ帳にだいたい書けた。

「あれ……？　この村、お店が雑貨の店ぐらいしかないですね……。食事ってどうするんでしょうか……」

しまった。どこで食べればいいんだ……？　それに、料理もできないぞ……。


――三時間後。

「おいしいです！　おばさん、料理お上手すぎますよ！　これは王都に店を出せるレベルです！」

「はっはっは！　フレイアちゃんはおだてるのが上手いねえ！　こんなのでよければいくらでも食べていきな！　工房が使えないんじゃ調理も不可能だろうし、ここで健康バランスも考えた料理を作ってあげるよ」

私はクレールおばさんの家でごはんをごちそうになっていた。

タマネギが甘い。キャベツも甘い。

本当にいくらでもいける！

「王都では脇役みたいな野菜が主役級の活躍をしてます。そりゃ、どの料理もおいしいはずです」

ロールキャベツって外側のキャベツが主役だったのか。これなら真ん中の肉の部分はいらないのでは？　いや、それだとキャベツに味がしみ込まないな。

クレールおばさんの夫のオグルドおじさんは「ずいぶんおおげさだな」とあきれながら苦笑していた。

やはりもみあげにつながるひげが目立つ。それと、シカを狩りに森に入ることもあるそうだから、本当に猟師でもあるのだ。

もしや漁師のほうも経験あるのではと思ったが、そちらはないとのこと。カノン村からまっすぐ海に向かうと、高い崖になっていて、港を作ることもできない。漁師は港の周辺で暮らしてるそうだ。

「王都ならいくらでも美味いもんがあるだろ？　田舎料理で感動するのは極端じゃないか？」

「おじさんの質問にお答えしましょう。王都には美食の数々があります。が、そういうものは値が張るんです。学院の生徒が食べる安いものは値段相応の味です」

ただし、金持ちの生徒の場合は別。値の張るものを食べてるだろう。まっ、その人たちが浮かれてる間に私は勉強していい成績を出してたのだ。油断してくれてありがとうと言いたい。いや、油断して処分されたのは私か……。人を呪うような考えはよくないな。

「そうか、王都は産地からも離れてるし、庶民用には古いものが出回りそうだな」

「そういうことです。一方、採れたてのここの野菜は本当においしいです」

産地で地のものを食べることの意義を私は噛み締めていた。おばさんの料理の腕も高いと思うが、それだけでなく野菜が驚くほど甘い。

これは贅沢ではない。

なにせ、クレールおばさんに作ってもらう以外に選択肢がないのだから。

なお、私が料理を作れないのは寮生活で毎食ごはんが出たからだ。文句は学院に言ってくれ。

巨大な釜や鍋を使う錬金術という職業で、料理ができないというのも変だけど……。

「あの、やたらと品数が出てますが、これは遠慮したほうがよいのでしょうか？　それとも、むしろどんどん食べるほうがマナーを守ってるのでしょうか？　失礼でなければ教えてください」

「じゃあ、おなかいっぱいになるまで食べるのをノルマにしようかね」

「わかりました。まだいけますから、どんどん食べますね」

私は料理をたいらげながら、とあることを決めた。

何か、お返しをしたいな。

そんなの気にするなとおばさんは言うだろうが、もらってばかりでは悪い。【発光玉】をお渡ししたけど、あれでは全然足りない。

明日、動くことにしよう。

◇

翌日もよく晴れていた。

なんでも青翡翠島は晴れの日が多いが雨の日も多いという。

どっちなんだよという話だが、晴れてるなと思ってもいきなり雲が出てきて豪雨になるということがよくあるのだそうだ。

なので晴れも雨も多いという矛盾したような表現が正確というわけだ。

朝、私が向かったのは工房——になるはずの建物だ。

「建物に入るのは……当分無理ですね……」

私は邪魔な草（で、なおかつ薬効もたいしたことなかったり、どこにでも生えてたりするもの）を引っこ抜いていく。

「学院一年目の実習ってこんな感じでしたね。十二歳ぐらいのあの時と比べると十七歳の私はずいぶん賢くなったと思います」

独り言は気持ちが萎えないようにわざと言っている。

錬金術は孤独との戦いなのだ。

これは錬金術じゃなくて、ただの草の引き抜き作業だけど……。

学院のカリキュラムは六年ですべての内容を修了することになっている。十一歳から入学可能なので、最速で十七歳で錬金術師になれる。

たった六年で覚えられるようなことでプロになれるのかと言われそうだが、覚える内容は多い。

留年を繰り返して八年や九年在籍する生徒も少なくない。

草を扱う時の青臭いにおいが鼻につく。

「なんとか、なんとか……工房の裏手にまではたどり着きますよ……。そこまでは諦めませんからね……」

途中、疲れてきたので、自家製ポーションをぐびりと飲んだ。

この適度な甘さが私に活力を与えてくれる。

「工房を前にしてポーションを消費するって皮肉な話ですよね」

この工房が完全に動き出す頃までに、どれだけのポーションのビンを空にすることになるだろう。

工房はカノン村からさらに奥に行った場所で、周囲に畑地もない。工房が開いていなければ、ここに用事がある人は存在しない。

なので、人の気配も何もない。

黙々と一人で草を抜いていく。年をとった錬金術師は引き抜く時に腰を痛めるとか。私は十代だから大丈夫と思うけど、それでも気をつける。

私の作業したところだけ道ができていた。

その道がついに工房を回り込んで、裏手にまでつながった。

そこには一見、荒れた畑のような土地が広がっている。

「ようやくこの目で拝むことができましたね、工房の薬草園」

薬草園は工房の付属物だが、こっちこそ錬金術師の工房の心臓部と言っても過言ではない。売り物の薬草を育てないと、継続的な経営ができないからな。

例外は地価が高すぎて薬草園がない大都会の工房ぐらいのものだろう。そんな場所なら薬草をすべて郊外から取り寄せても、売り値も高いからやっていける。

地方の工房なら九割九分薬草を栽培している。事実、この工房も薬草園付属とパンフレットに書いてあった。薬草園の有無は必ず記入しないといけない事項なのだ。

けれど、パンフレットがルールを守っているといっても、落とし穴は存在する。

「これ、ただの雑木林じゃないですよね……？」

十五年放置された薬草園は、周囲のただの土地と見分けがつかなくなっていた。

自然の力はすごい。腹が立つほどすごいと思う。

「でも、本来首席卒業の私の目は誤魔化せませんよ」

私は慎重にその薬草園に生えている草木を確認する。

青翡翠島には本来生えていないはずの植物がいくつも発見できた。

よし、それなりにいい薬草が残っている。

薬草の中から使えそうなものを小さな木のカゴに採取していく。

作るものは単純明快だ。

「農作業に特化した特製ポーションを作ります！」

これが私なりのクレールおばさんへの一宿一飯の恩義の返し方だ。

いや、厳密にはこれからもお世話になるので三宿や十宿の恩義の返し方かも。

「クレールおばさんたちの疲労、絶対にとってやります！」

私はクレールおばさん宅に戻ると、物置から錬成鍋を出してきた。

「天気はいいし、屋外で作業しても問題なさそうですね」

錬成鍋を置く場所が網状になっている台に載せて、下に【火炎石】を置く。

【火炎石】は人間が魔力を注ぎ込むと、発火する便利な魔導具だ。

魔法が使えない人でも魔力の素質があれば使用できる。錬金術師の必需品だ。

「錬成鍋の底の魔法陣、明らかに煤で消えてるんですけど、ちゃんと機能してますね」

まあ、普通の鍋でもできないことはないのだが。

鍋の中に聖水と薬草を入れたら、【火炎石】に人差し指をちょこんと置く。

石から炎が現れて鍋を温めだした。

「弱火でとろとろと、じっくりじっくりやりますよ」

鍋の中の水に、かきまぜ棒で小さな渦を作る。

性能のいいポーションを作るには時間をかけることが大切だ。

で、時間をかける分、値段も高くなる。

冒険者がダンジョン攻略の前に買いあさるような廉価版のものは一度に短時間で大量に作っている。

もちろん回復効果はあるが、体力の前借りをするような成分も入っていたりする。

体力が戻った気になることと、疲労が体からちゃんと抜けることは、近いようでいてまた別だ。

でないと、ポーションを飲み続ければ、寝なくてもいいことになってしまう。そんなわけはない。

ポーションを飲むと疲労が消えたように感じるから誤解しちゃうのもわかるけど。そして、興奮作用が働く製品のほうが人気だったりするので難しいところだ……。

やがて鍋全体が青色に発光する。

「よし、薬草に魔力がちゃんと送り込まれてますね。この錬成鍋、まだ現役（げんえき）で使えそうです」

錬金術師は魔法薬にも魔導具（アーティファクト）にも魔力を付与する。

一見、かき混ぜているだけに見える時にも魔力を送り込んでいる。

こうすることで、効能と性能を強化するのだ。

あとは時間をかけて熱をとってやればいい。

「そしたら、鍋を物置に持っていって――いえ、ここはゆっくり冷めるのを待ちましょうか。薬品を作るのに目を離すべきじゃないですし」

私は扇子（せんす）で鍋に風を送ることにした。

「おいしくな～れ、おいしくな～れ。……なんか違いますね。効き目が強くな～れ、効き目が強くな～れ。それとあんまり苦くなくな～れ」

鍋の中が冷めたら、ビンにどろどろの液体を入れて、しっかりとフタをする。

「特製ポーション完成です！」

ちょうど農作業中で中腰でキャベツの収穫をしていたクレールおばさんとオグルドおじさんのと

ころに私は小走りで向かった。

「お二人とも、いちいちポーションができました！」

「おやまあ、いちいち気を遣わなくてもいいのにねえ」「だな。細かいこと気にしてちゃ田舎で生きてけねえぞ」

「二人が言うこともわかるんですが、ポーション作るのが私の仕事なので飲んじゃってください」

二人は豪快にクセも強い味のはずのポーションをぐびぐび飲んだ。

「やっぱりちょっと苦いね。けど、元気になってきた気がするよ！」「たしかに働く前みたいに体の調子がいいな！」

オグルドおじさんのほうは腕をぐるぐる回して、元気なのをアピールする。

「よかったです。あとは適正な睡眠時間をとってくだされば、疲労もほとんど残らないはずです。即効性よりも体へのいたわり重視で作った一品ですから」

「市販のやつは何度か飲んだことがあるけど、こりゃ、はるかに味が複雑だな」

オグルドおじさん、よくわかってるな。さすが肉体労働をしてるだけある。

「これ、もし店で売ったとしたら相当高いんじゃねぇか？　フレイヤちゃん、無理してねえか？」

「あぁ……そうですね……今回のは廉価版のポーションよりはるかにいろんな種類の薬草を入れてますし、じっくり作ってもいるので……その……」

いろんな薬草が入っているのは薬草園がかろうじて生きていたおかげだ。

それがなければ、移動せずに多種多様な薬草をブレンドすることもできない。

値段を言ってびっくりさせる気はないんだけど、一度ウソをつくと永久につき続けないといけないから本当のことを言うべきか。

「希望小売価格で、一本一万ゴールド弱にはなりますね……」

「そんなにするのかい！」「たっけえ！　俺たちにゃもったいねえ高級品だぞ！」

「もったいなくなんかないですよ。まあ、毎日これだけを作れるかというと、ほかの仕事に差しさわりが出るかもですが、今はお店も休業中で余裕もあるので」

ぶっ通しで工房復旧のために働けるかというと無理だしな。

「これからも泊めていただかないといけない身ですから……これぐらいはさせてください。私のほうが作るたびにくたくたになるなんてこともないですから」

「そっか。じゃあ、ありがたくいただくとするよ」

おばさんが深くうなずいてくれた。これでお返しはできたな。

「ただし、おもてなしはしっかりさせてもらうね」

おや？　何のことだろう……？


その夜、昨日の倍ぐらいの料理が出て、私は途中でギブアップした。

「おばさん、これは冒険者数人でもきつい量です！　気持ちはありがたいですが、入りません！　明日の朝と昼もこの残りでいいですから！」

「でも、こっちでおもてなしできるのは料理ぐらいのものだしねえ。ベッドを突然高級なものに変えることもできないし」

「どうか、どうかお気遣いなく！」

その日、私は教授にこんな短い手紙を書いた。船で届けてもらう。


村になじめないことはなさそうですが、おもてなしによって胃に負担がかかりそうです。これもまた勉強ですね。

ではでは、また工房の中に入れるようになったらお手紙お送りします。


次の手紙を書くまでに私が工房で働いているのか、はたまた工房を掃除中なのか、工房に足を踏み入れてすらいないのかは神のみぞ知る。

第二章 冷気箱

Chill and Airy Memoirs of the Alchemist's Remote Island Frontier

青翡翠島に着いてから、三日目。

私は工房の敷地の草を抜いた。

青翡翠島に着いてから、四日目。

私は工房の敷地の草を抜いた。

同じことを繰り返してると思う人もいるだろう。そんなに間違っていない。それぐらい草だらけなのだ……。だから、草を抜くしかない！

錬金術師の工房といってもお店はお店。草ぼうぼうの先にあるお店というのはまずい。建物を覆っているツタは後回しにする。最悪、ツタなら魔法関係の店に見えなくもない。

いくらなんでも草を一日中引っ張っていたわけではない。カノン村の人たちの農作業もお手伝いしていた。

とくに歳をとっている人を中心に。サーキャおばあちゃんの家はよくうかがっている。

その日もおばあちゃんの家に寄った。

「フレイアちゃん、野菜運んでくれてあんがとねぇ。レモンの砂糖漬けがあるから食べってってえなあ」

「サーキャおばあちゃん、ありがとうございます。それじゃ、お言葉には甘える主義なので、お世話になろうと思います」

「そうよ、若い子はどんどん甘えたらええんね」

私はアルバイト代として、おばあちゃんの家でレモンの砂糖漬けをごちそうになった。

この数日、本当に一ゴールドもお金を使っていない。

儲ける機会もないけど、お金が減る機会もほとんどない。これが田舎か。

「まさかこんなに短期間で島での生活に溶け込んでしまうとは……。私って順応性が高かったんですね。前世は島の人間なのかもしれません」

私はサーキャおばあちゃんの家でしみじみとつぶやいた。

学院時代は一人我が道を行く性格だったというのに。

孤立してるわけではないが、とくに親しい同級生はいないという、どんな学校でも一人や二人いるタイプだった。

なお、錬金術師はどのみち一人で商売をすることも普通なので、そこまで困る性格ではない。コネがなきゃ就職できないなんてことはない。

なので、ミスティール教授も私の態度に何も言わなかった。

教授の素晴らしいところは本当に百個言える自信があるが、そのうち一つは「友達は作ったほうがいいよ」みたいな余計なお世話を言ってこないところだ。教授は友達が多いタイプじゃなかったせいもあるかもしれないが。

おかげで私はのびのびと成績を上げることができた。

もし別の教授が指導教官だったら、人間関係に悩んで、成績も伸び悩んだかもしれない。

そんな私がおばあちゃんの家でレモンの砂糖漬けを食べて、これまたレモンの入ったお茶を飲んでいるのだから、世の中何があるかわからないものだ。

といっても、私が「やっぱり、人の縁で世の中回っていくんですよ。へっへっへ」と態度を転向させたわけではない。

島の人が優しいので、いつのまにか村の一員として受け入れられているのだ。

あまりに錬金術師らしいことをしてないのも問題なので、簡易的なポーション（宿と食事のお礼で作ったものよりは一般的なもの）をお渡ししたりはしているが。

「カノン村で骨を埋める覚悟はないですけど、これも安定といえば安定か」

お茶を飲みながら、独り言をつぶやく。

と、サーキャおばあちゃんがテーブルの私の向かいに座った。

「あの工房が住めるようになるには時間もかかるからねえ。少しずつやればいいよ」

「そのつもりです。村長からカギはもらってるんですが、ドアの前に生えてきている木が邪魔で開けるのも厄介でして……」

現状、工房に入らなくても生活はできているし、村で使用する魔法薬と魔導具は作れそうだから、これはこれでいいのではなかろうか。

工房の中に入れないまま、生活が安定しているというのも変だけど、衣食住が揃っている以上、安定である。

「本当に困ることはめったに起きんよ。この島は守り神様がじぃっと見てらっしゃるからねぇ」

守り神様とな。

「あの、守り神様のお話、少し聞かせていただけませんか？」

私が聞こうとしたのには訳がある。

ただし、伝承に興味があるというわけではない。

「錬金術師って薬になりそうなものを探しにあっちこっち行くので、神域にも足を踏み入れかねないんですよね」

もちろん「ひゃっほー！　島を荒らしてやるぜー！」なんて気持ちは抱いてないが、守り神がどう認識するかは別だ。

守り神はおそらく伝承上の存在にすぎないとしても、伝承を信じている島の人からにらまれるなら同じことだ。

最低三年はこの青翡翠島で私は暮らす。島の人の心情は確認しておかねば。

「守り神様はねぇ、大きいんよ。ふっさふさの毛で性格は能天気じゃねぇ」

私の頭に感じのいい毛玉の絵が浮かんだ。

その毛玉が「守り神だよ～」と言っている。

やけにゆるそうな性格だけど、能天気と聞いたからだ。

「それと料理は得意とかいう話を聞いたことはあるねえ」

「料理の得意な毛玉⁉」

「毛玉って何のことかいね？」

「あっ、全然気にしないでください。完全にこっちの都合です」

イメージに大幅な修正が必要になった。

毛玉では料理できなそうだから、違う姿にしないといけないな。

「それとなあ、天使のように美しい姿でもあるんよ」

「ふっさふさで美しい⁉」

毛玉に美しいも何もないと思うので、人型でふっさふさなんだろうか。

雪山にはイエティという存在がいるというけど、その手の奴(やつ)か。

まあ、毛玉が工房の営業をせかすこともないだろうし、問題はないか。

◇

私が島に来てから一週間後。

その日の朝、私はショッキングな光景を目にした。

「あ〜、それなら捨てるから食卓には出ないよ」

「えーっ！　捨てちゃうんですか⁉」

クレールおばさんが捨てると言いだしたのは、昨晩食べきれずに残した料理だった。オグルドおじさんが昨日弓矢で仕留めた鳥が入っている。

てっきり朝食にも出ると思って、その料理の口になっていたのに。

「そいつはね、足が早いんだ。捨てたほうがいい。腹壊させちゃいけないからね」

「私の感覚だと、翌日ならまだセーフという感じなんですが」

「そりゃ、北にある王都の感覚ってやつだ。青翡翠島は南のほうだから、傷（いた）みやすいんだ。まっ、その時に捨てずに朝まで置いてた時点で、あわよくば食べられるんじゃねえかって貧乏（びんぼう）根性なんだけどな！」

オグルドおじさんが豪快に笑う。

鳥を捕まえた本人が言うならそうなんだろう。地元民の経験は信じたほうがいい。

「保存できるならそうしたいんだけどね。料理だってまとめて作るほうが楽だしさ」

「俺（おれ）も射止めた鳥に申し訳ねえとは思うけど、食中毒は怖いからな。それこそ、薬をもらいに行く工房も長らくなかったしな！」

おっと、カノン村ジョーク！

「工房はまだ営業してませんけど、おなかを壊したらご用命ください」

「ああ、その時は頼むな！」

よし、ジョークに適切に対応した。それはそれとして――

二人とも廃棄処分自体は残念なのだ。どうせなら料理も置いておきたいだろう。

何か手を考えるか。


私は食後、物置に入った。

食後に物置に行くとか民話に出てくる妖精(ようせい)みたいだが、物置に私の私物が全部入っているのだ。

私が取り出したのは『魔導具大全(アーティファクト)』という本だ。

名前の通り、魔導具の作成方法などがいろいろ書いてある。

「ありました、ありました。【冷気箱(れいきばこ)】というやつですね」

本の絵には、小型の金庫みたいなものが描かれている。この内部が低温に保たれているので食品が保存しやすいという、シンプルな仕掛けの魔導具だ。

だったら、みんな所有したがるんじゃないかという話だが、維持費用がかかる。

「装置としては単純で、熱を吸い取る力を持たせた石を中に入れておくわけですね。ただ、その効力が十日ほどでなくなると……。十日ごとに錬金術師に高額を払うなら、料理を新規で作ったほうが安いな。普及してない理由がよくわかります」

だが、私の場合は、維持費用はかからない。だって、錬金術師だから。

「それと、効力が十日で切れるっていうのも……もっと長くできないのか……?」

石に魔力を送り込んでるんだろうけど、そのやり方次第で冷やせる期間を延ばせると思う。

まだできてないから決めつけるべきではないが……挑戦するのはタダだ。

それとクレールおばさんの料理の負担は極力減らしたい。

こう言うと、人のためを想ってるみたいだが、クレールおばさんがいなければ私は料理を食べられないわけで、これは自分の食生活の問題なのだ。

「材料の暗青石は、南の土地でも見つかるようですね。いっちょ探すか！」

けど、そういえば、サーキャおばあちゃんが守り神の話をしてたな……。

タックルしてくるイエティが出てきたら嫌だぞ……。

◇

目的の暗青石を見つけるには、岩肌が露出しているところに行く必要がある。

となると、山に行くほうがいいので、私は杖を片手に青翡翠島の山へと分け入った。杖は魔法を生業とする者っぽいけど、メインの目的は転倒防止だ。足場の悪いところに行く錬金術師に必須の持ち物だ。

青翡翠島にある山は典型的な独立峰なので、中央の山に向かっていけばいい。
△という記号で山を表すことがあるが、まさにあんな感じだ。
「山」という名前の山はないはずだが、青翡翠島の山は一つだけなので誰も固有名詞で呼んでない。

港もカノン村も島の北側にあるので、普段の暮らしでは山に入る必要はない。南に行かないといけない用事もない。

一応、島の南側にもウェンデ村という小さな村があるらしく、その場合は山裾の森を歩いていくことになる。さらに海側から回るほうが楽そうだけど、断崖絶壁の部分があって歩けないらしい。ウェンデ村の人も来るのは大変だろうけど、買いに来てほしい。

私は山への道を黙々と進む。途中までは猟をする時に使うとおぼしき細い道を利用する。

「守り神はともかく、魔物は出そうですね。できれば出ないでください」

ところで、動物と魔物の厳密な違いというのはあるようでない。

一般に、人間に害をなす凶暴なものを魔物と呼びがちだ。

が、人間に友好的でペットのようになっている魔物もいるし、凶暴な動物だって当然いるので、この分け方はいいかげんなものだ。

もし獰猛な魔物がわんさか出る土地なら命知らずにも一人で向かったりはしない。

だが、この島の魔物はワカレミチだとか、そんなに怖くないものが多い。

ワカレミチというのはシカ系の魔物だ。角が大きくY字になっていて分かれ道のように見えるからこの名がついた。実質、シカだ。

杖を突きつつ十五分ほど歩くと岩肌に青っぽい石を見つけた。

「よし！　第一候補発見！」

ノミを金づちで打ち込んで、石を入手することに成功。

これにて素材集め終了——と言いたいところだが、そうはいかない。

「この石が当たりっていう確証がない……。ほかの場所でも採取したほうが無難か」

石というのは見た目が似ていても成分が全然違うことが珍しくない。目だけでは確認できない成分の差異があるのだ。足で稼ぐしかない。

近くに山があるというのは、錬金術師の経験を積むうえではいい土地だ。とはいえ——

「石って重いからあんまり持ち帰りたくない……。石に聞いて答えを教えてくれれば楽なんですけど」

ふっと耳に「そんなわけないじゃろ」という声が聞こえてきた——気がした。

なにせ、ここは山の中なのだ。普通、声はしない。

念のため周囲を見てみた。

「誰です……？」

…………誰もいない。

野生動物も魔物もいない。守り神みたいなものだって当然いない。

「誰かいたら返事してくださ～い」

返事はなかった。だって誰もいないから。

「まっ、気のせいだな」

私はそのまま山へと向かって進んでいった。

そこから先は道も険しくなってきた。岩と岩の間を切り開いた一本の線みたいなところをジグザグに上がっていく。本当に猟師が獲物を待ち受けるための道というレベルで、中腰にならないと通れないようなところも出てきた。

で、もう引き返すか本格的に考え出した時――

おや？　やけにこの壁、青黒いような……。

「あっ！　あっ！　完全に暗青石！　こんなところに隠れてたんですね！　いーや、隠れてないですって。すごく目立つところにいますって！」

疲れてる時に、目的の石を見つけてテンションが変に高くなった。

しばらく「やった！　やりました！」と声を上げていたので、仮にワカレミチみたいな魔物がいても、気味が悪くて逃げたと思う。

どうもその付近は暗青石が採れるスポットだったらしく、少し上がったところにも暗青石が見つかった。

下る前にメモ帳を出して、ルートと採取場所を記入しておく。

素材の場所は覚えておいて損はない。その記憶量が錬金術師の財産になる――と教授が言っていた。これで財産が増えた。

「四つも見つけたんだから一箇所ぐらいは当たるでしょ！」

――と思っていたら、帰路で暗青石を五箇所見つけた。

「もっと、慎重に探していれば、楽ができてたか……」

学院という狭い空間では無双できても、環境が変わればそうはいかないか。

帰りに一度、ワカレミチが遠くに見えたので、威嚇（いかく）のポーズをとった。

両手を挙げて、体が大きいように見せかける。

「がおー、がおー！　強いぞー！　大きいぞー！」

威嚇が効いたのか、ワカレミチは顔を背（そむ）けて、走って去っていった。

文字通り一難去ったけど、あとには両手を振り上げた私だけが残された。

「成功してるわけなのに、敗北感が押し寄せてくる……。人に見られてるとできないやつだ」

見ておるぞ――という声が聞こえてきた気がした。

はっとして周囲を見渡すが、当然誰もいない。

いられても困る。

◇

私は物置に戻ると、錬成の準備に取りかかった。

まず、使用する水に魔力を加える。魔法陣を描いた中央に水を入れた錬成鍋（なべ）を置く。今回は確実を期すために魔法陣が入ってる錬成鍋だけに頼らず、魔法陣も用意している。

魔法陣は直線の部分は楽だが、曲線のところが難しい。実習でさんざん繰り返した。何度か、試験終了が迫ってるのに失敗し続ける夢を見た。今では大半はきれいに描ける。

石関係の作業って慣れてないんだよなあ……。ちゃんと効いてほしい。

水に魔力を加えたら、鍋をどかして、隣に描いた魔法陣の上に置く。魔法陣の形状は同じ。

まとめて一回で済ませろという気もするが、二回繰り返すことが大切らしい。

これは何をしているかというと、水を経由させることで石に魔力が伝わりやすくしている。

石の性質というか成分の違いによって、魔力を付与しやすいものとしづらいもの、そもそも付与ができないものがある。

もっとも、そういうことがあると知ってるだけで、細かい原理はわかってないが。

錬金術師はなぜそうなるかをあまり考えない。

研究者気質の人もいるにはいるし、教授はそっちタイプなのだが、大半は「理屈はどうあれそうなるんだからそれでいいだろ」と考える。

私も原因は気にしないタイプだけど、原因がわかれば魔導具（アーティファクト）の改良だって楽にできそうだなとは思う。

「まっ、研究だけしても商売にならないんだから、みんなしませんよね。ポーション作って売るほうが儲かるし」

教授は学院の教授という立場なので、研究イコール仕事になる。そのへんの工房で働いている錬金術師は研究を行っても、お客さんがお金を出してくれはしない。これでは商売にならない。

とりとめないことを考えてるうちに時間がたっていた。

これで水に触媒としての力は備（そな）わったと思う。

私はまず、一個の暗青石を水の入った鍋に入れる。

これからこの石に熱を奪う力を、魔力で付与していく。

「うおおおぉー！　回転しろ、回転しろーっ！」

二本の長い棒（箸（はし）と呼ぶ）で石をぐるぐる回していく。地域によっては、箸で食事をするそうだが、難しいだろう。

変な方法だが、これが一番いいらしい。

攪拌（かくはん）のための魔導具（アーティファクト）だってあるけど、ああいうのは液体や軟らかいものが前提のはずだから、石を回そうとするとおそらく壊れる。

手が疲れてきた頃（ころ）になって、私は石を取り出す。これを丁寧（ていねい）に布で拭（ふ）く。

この暗青石が当たりかハズレかはまだわからない。

「ハズレじゃありませんように……」

これを物置にあった密閉できるタイプの箱に入れる。クレールおばさんから許可は得ている。

涼しくなればいいんだけど……どうだ？


十分後、箱を開けると中はうっすら涼しくなっていた。

「よしっ！　成功っ！」

私は拳を握り締めた。【冷気箱】を作るところまではこれたのだ。

だが、ここで終わりにする気はなかった。

暗青石はまだある。試してみたいことがあった。

「触媒としての水の効果を高めれば、持続時間も延びないか?」

私は新規の水の入った鍋を五回魔法陣の上に置いて、魔力を加えた。つまり回数を二回から五回に増やした。

触媒としての力が増強されれば、長時間、熱を奪う力が持続するんじゃないか。

また暗青石を水の入った鍋に入れて、わちゃわちゃ箸で転がす。

取り出して触ってみると、おそらく熱を奪ってはいる。

私は日光の当たる場所に二つの石をそれぞれ置いた。


実験中! さわらないでください!


という注意書きもそのへんの石をおもしにして設置。

もし私の仮説が正しいなら、本来の【冷気箱】用の暗青石のほうが冷やす力を先に失う。

結果は——私の正解だった。

「明らかにあとに試したもののほうが長く冷たい時間が続きますね。開始時点からの誤差を計算に入れても、差が出てます」

私は両手をぎゅっと握り締めた。

自分の読みが当たるのはうれしいものだ。

「でも、この程度の推測だったら、過去の錬金術師も思いつくよな……」

その時、私は恐ろしい事実に思い至ってしまった。

「もし一か月や二か月もメンテナンスなしで使える冷気箱があったら、錬金術師は儲からない……！　何度も石に魔力を充填するようにしているほうがお得だ……」

実際には、長期間使える冷気箱が増えると錬金術師の充填時間も増えて、ほかの仕事に差し支えるとかいろんな理由はあるんだろうけど……私の見方もいいところはついてると思う。


その日の夜も私は野菜や肉料理をいくつも堪能した。

とくに、オグルドおじさんが村の人と一緒に狩ったワカレミチの肉料理、これが絶品だった。臭みも全然ない。

あとは、産地ならではかもしれないけど、タマネギのスライスにドレッシングをかけただけの料理が美味！　新雪のような白さ！　これは食べる宝石だ！

で、今夜も食べきれない量の料理が出てきた。

ここまでくると、クレールおばさんの目論見が甘いのではなくて、食べきれない量をお客さんに出すのが土地の文化なのだろう。客人にすぐ食べ終えてしまう量を出すのは失礼という文化は聞いたことがある。

余りまくって廃棄というのはもったいないけど、大半は翌日に食べればいいしな。

しかし、火を通していても常温保存が危うい料理が出るのも事実。

「それじゃ、残りは明日の朝にでも食べようかねえ」

「それなんですが、とっておきの魔導具（アーティファクト）があるんです！」

私は満を持して【冷気箱】（私バージョン）を持ってきた。

「この中に料理を入れていただければ、安全に長持ちさせることができます！　箱の中の冷え方がショボくなってきたらご連絡を。おそらく一か月近くはもつと思うんですけど」

次のメンテナンスまでの期間はあくまで目安だ。別に商品として販売するんじゃないしな。

「えっ……【冷気箱】って……こういうのは貴族や金持ちの商人が使うものじゃないのかい……？」

「それは錬金術師を呼んでくるから、メンテナンス費用がかかるからだと思います。メンテナンスは私が勝手にやりますので。居候のお返しです」

「お返しかぁ……。そんなたいそうな料理を作ったわけじゃないから、悪いねえ」

おばさんは苦笑いしている。まずいな。おばさんは基本的に謙虚なのだ。もう一押ししないと受け取りを拒否されかねない。

でも、ここは絶対にもらってもらうからな！

「おばさん、この残り物は私も食べるわけです。だ・か・ら、私自身のためでもあるんです！」

「それは……たしかに保存状態のいいものをフレイアちゃんに食べてもらいたいよ」

「だいいち、傷んでるものを食べて、おじさんやおばさんがおなかを壊しても、やっぱり私も困ります。私が台所に立っても何も作れませんし。お二人の健康は本当に私のためなんです」

私の言ってることは理にかなってると思う。

居候を続けてる以上、二人は赤の他人じゃない。

家族だと表現すると言い過ぎだとか重いとか言われるかもしれないけど、とにかく他人ではない。

「同じ家に住む人の幸せを高めることは、私の幸せを高めることと同じなんです」

おじさんがここで決着をつけてくれた。

「すでにこさえてくれてるのに、いらねえって言うわけにはいかねえな」

おばさんも降参したというようにため息を吐いた。

「そうだね。それじゃありがたく受け取っておくよ。フレイアちゃんがいると、どんどん生活水準が上がっていきそうな気がするねえ」

よし。魔導具は受け取ってもらうまでがワンセット。これでこそ、作ったかいがあるというものだ。

「私もお世話になってますからね。お互い様です」

「でもねえ、こんな年寄りのためじゃなくて、工房を片付けるのに時間を使いなよ。錬金術師なんだから、そっちを優先しておくれ」

あっ……。

おばさんの言葉で現実に引き戻されてしまった。

薬草園の整備は進んでるし、いよいよ次は工房の中に手をつけるしかない。

気が滅入る……。でもやるしかない……。

絶対にホコリっぽいだろうなあ……。ゴミも残ってるかもなあ……。

「ちょっとおなかが痛くなってきました……」

「えっ⁉　料理に古いものは入ってなかったと思うけど、大丈夫かい？」

「確実に心労です」

もう、この家を工房ということにできないだろうか？

ルール上、ダメだな。

第三章

聖水加護付き強力洗剤

Chill and Airy Memoirs of the Alchemist's Remote Island Frontier

南の島あるあるある。

「数日で、またすぐに草が生えてきがち！」

私は門の前の雑草を抜いている。

このあたりはすでに抜いていたはずなのに、きっちり生えてきているのだ。

「これじゃいつになったら工房の中に入れることやら……」

錬金術師の目を通して見れば、雑草などではなくて、多くは薬草なのだが、工房にも入れないのに薬用成分を抽出する気は起きない。それはもっと先の話だ。

「ああ、猫の手も借りたいところですよ……。あるいは犬でもいいです……。いや、むしろ、ウサギを飼って食べてもらうというのは……？」

そんなふうに独り言をぶつくさ言いながら、ちまちま草を引っこ抜いている時だった。

ぞわり。

ぞわぞわっ……。

なにやら気配のようなものを感じた。

人の気配とは違う。もっと大きなものだ。

まさか山から魔物が来た？　ありえる話だ。

落ち着け、落ち着け。この島の中に人間を捕食するような凶暴な魔物はいない。腕でも振り上げて威嚇すればいい。前にワカレミチを追い払った時もそれでどうにかなった。

私は意を決して、ばっと振り向いた。

そこにいたのは――

白いオオカミ…………の姿をした幻獣？

おそらく以前に私が出会った幻獣と同じだ。

オオカミを見たら普通は悲鳴を上げていただろうが、初見ではないので声だけは押し留められた。むしろ、疑問のほうが強い。

「えっ？　な、な、なんでこんなところにいるんですかっ⁉」

私は沈むように尻餅をついていた。元々草引きで中腰気味だったから簡単に倒れた。立っていられなくなるほど驚きは強かったと今更気づいた。

「ワフゥン」

やわらかい鳴き声が私の耳に入ってきた。

動物と魔物の厳密な違いというのはあるようでないけど、動物と魔物と幻獣の区別もとくにない。で、動物や魔物の仲間と呼ぶには神々しくて、もっとかっこいい名前のほうがいいよねというものを幻獣と呼んでいる。

そんな幻獣が私の前にいる。

前回は私から会いに行った格好だが、今回は偶然道を通りかかったというのでなければ、向こうから会いに来たと考えていい。

「あの、幻獣さん……どういったご用件でしょうか……?」

私の頭の中にはとある言葉が浮かんでいた。

復讐(ふくしゅう)。

私は煉獄蛾(れんごくが)の粉の丸薬をこの幻獣に飲ませた。で、一時的に身動きをとれなくさせた。

無論、あれはまっとうな理由があった。なにせ巨大な獣と対峙(たいじ)するというのは、人間側にとったら剣を握った兵士と向き合ってるのと大差ないのだ。獣側は丸腰のつもりでも、人間側からは一方的に相手が武装しているようなもので、対等な話し合いはできない。動けなくさせたのはあくまでも話し合いのテーブルについてもらう準備だ。そのあと、透明薬(とうめいやく)を使って逃げてもらったし。

だが、説明なく身動きを封じたという意味では実力行使なわけで……それを攻撃とみなす解釈も成り立ちはするよね……。

復讐される場合、どうなる?

私が死ぬ。

それはとても困る。

事前に戦う準備をばっちりしていれば善戦できるかもしれない。が、丸腰どころか尻餅をついている状態で、立ち上がれば人間二人分ぐらいの身長があるような幻獣を退治できるわけがない。こちとら伝説の冒険者でもなんでもないのだ。

「こういう時、私を食べてもおいしくないですよとか言いがちですけど、あれってどういう根拠があって言ってるんでしょうか？　しゃべってる時点で食べられた経験ないでしょ。食べられたことがある人は、おいしいとかまずいとか聞く前にたいてい死んでるのでは？　ああ、助かるためにあえて不確定の情報を流してると考えれば意味はわかりますね。いや……そんなことはどうでもいいんです。何用ですか？　本当に何用⁉」

幻獣は知能も高いと言われている。

過去に私は交渉できたはずだし、今回もどうにかできるのではないか。

ていうか、どうにかできなければそれでおしまいだ！

「ワオォォン」

幻獣は前足をすっと上げると――

私の頭に乗せた。

こ、これは攻撃の意志か……？　多分違うよな。

あと、かなりの危機的状況なのに――

ちょっとやわらかくて気持ちいい！

今度はその前足で背中をぽんぽん叩かれた。巨大な肉球がぷにぷに当たった。

リラックスしろという意味だと思われる。憎んでいる相手にやることではない。

「落ち着くがよい。恨(うら)みがあって来たのではないのじゃ」

幻獣がしゃべっている。

幻獣は知能も高いから人の言葉をしゃべることもあるらしいが、この幻獣がしゃべってると解釈していいよね……？

「え、ええと、人間の言葉……お上手(じょうず)ですね……」

「ふむ、まだビビっておるようじゃな」

「慣れてはいないもので……。幻獣の常識とか知らないわけですし……」

「この姿ではコミュニケーションが取りづらいか。では、姿を変えてやろうかの」

一瞬、幻獣の周囲に白い靄(もや)がかかった。

魔法か？　むしろ、特殊能力と言うべきだろうか。

だんだんと靄が晴れていく。

その前には、私より二、三歳若い容姿の女子が立っていた。

白い、いや銀色の髪がよく目立つ。飾り気のないワンピースの雰囲気も合わさって楚々(そそ)とした貴族令嬢のような出で立ちだが、因果関係を考えれば——

「幻獣だった者じゃ。人の姿をとったほうが話しやすいじゃろ？」

「そうですね。威圧感は一気になくなりました」

私はこくこくとうなずく。

そんな私の手が取られた。そういえば尻餅ついてたな。華奢（きゃしゃ）な手からは考えられない力で引っ張り上げられて、立ち上がる。

「余の名前は幻獣リルリル。この青翡翠島（あおひすいじま）を守護する存在じゃ。守護幻獣とか呼ぶ者もおるのう」

「ほぼ、神ということですかね……」

事実上の守り神ということか。そういえば、小娘にしては小生意気な表情だな。

「ってことは、私は働くことになった青翡翠島の守護幻獣と偶然、学院で会っていたってことですか⁉　軽い奇跡ですよ！」

「少しだけ長い話になる。まあ、尻（しり）のほこりでも払いながら聞け」

尊大な物言いだが、守り神ならしょうがない。

私は右手で尻を叩く。土が微妙に湿（しめ）ってて取りづらい。

「余はこの青翡翠島に棲（す）みついておる。他所（よそ）で家を借りておったらおかしいじゃろ」

「本籍地を守護するけど今は王都暮らしですってことはなさそうですよね」

「先日、森を歩いておったら、いきなり不思議な力で遠方に召喚された」

「ああ、【召喚石】の件ですね。しかし……守り神を呼び出すってどんな強力な【召喚石】を使ったんですか……。ひどいイタズラでしたね」

幻獣が温厚だからよかった。

ガチギレしてたら、学院は終わっていた。

「それで右も左もわからず、どうしたものかと途方に暮れていたところにそなたがやってきたというわけじゃ。事を荒立てずに済ますことができた。礼を言う」

だいぶ尊大にリルリルという幻獣は言った。

きっと、幻獣だから自分が偉いと思ってるのだろう。ちゃんと偉いので問題ない。

「それはよかったです。ただ、いくつも納得いかないことがあります」

私は腕組みする。

「まず、一つ目。しゃべれるんだったら、召喚された時もしゃべってくださいよ！　だったら、もっと簡単にコミュニケーションもできたのに！」

「無理じゃ。魔力の絡（から）むもので呼び出された者はすぐには万全には動けん。いわば『酔う』時間がある。それは余も同じよ。人の発声は酔いながらでは難しい」

「むむむ……やむをえない事情があったのならそこは考慮しましょう」

リルリル――幻獣と呼ぶのは少女の姿に不似合いすぎる――は近くの木をひょいひょいよじのぼって、枝に腰かけた。

貴族の令嬢みたいな見た目のくせに野生児みたいな行動だな。

「余はそなたがなかなか胆力（たんりょく）のある傑物（けつぶつ）だと判断した。しかも錬金術師であるし、ちょうどよい。この姿を見せてやってもよいなと思うぐらいには評価しておるぞ」

「もっと褒（ほ）めてください。これでも学院の成績トップだった身ですから……ん？　……あれ？ちょうどよいって何……？」

なんか、ものすごく引っかかるぞ。

まるでリルリルが人事に一枚噛んだみたいな言い方。

「そこで、そなたの担当の教官のもとに出向き、青翡翠島の工房に赴任するようにしてくれと頼んだ」

「不正！　ものすごい不正っ！」


まさか私が罰則を受けたのもすべて仕組まれたことだったのでは……？

王都近辺の高級住宅地の工房で優雅に働く予定が……。

「ちなみに、そなたが罰せられて、序列が大幅に下がるところは決定事項じゃったぞ」

「な～んだ、出る杭が打たれただけですか。だったら、別にいいで――よくないな……。普通に印象悪かったんですね、私……」

「どうせ発言する場で浮いたことを言ったりしたのじゃろう。そういうの、たいてい本人だけが面白いと思ってるパターンになりがちじゃぞ」

「正論はやめてください」

教授に言われるのはいいんだけど、ほかの人（？）に言われるとかなりきつい。

ん？

となると教授は私に工房を勧める時にはリルリルと出会っていたのか？

「あのミスティールという教授には、青翡翠島の工房で働く場合は余が責任をもって教え子を守護してやると言った。そしたら、二つ返事で協力すると言いおった」

「教授の弱点をしっかりついてきましたね……」

教授は言葉はきついが教え子には甘いのだ。

もし私が誘拐されたら、地下三十層まである大迷宮でもやってくると思う。

「はぁ……。私が青翡翠島の工房に来ることになった経緯はわかりました」

納得がいってるかは別として。

「学院であなたと出会ったから、青翡翠島に赴任することになったわけですね……。いやぁ、人生って不思議ですね」

我ながら、雑な感想だと言ってから思った。

でも、まだわからないことはある。

たとえば、カノン村の村長が錬金術師が来るのを熱望する、これならわかる。

島に工房があるかどうかは、生活の利便性に直結するからだ。

幻獣が錬金術師を欲する理由って何だ？

「そなた、この島の発展に手を貸してくれ」

「曲がりなりにも頼み事なら、そんな高いところから言わないでくださいよ……ん？　発展？　守り神というより領主みたいなことを言いますね」

「この百年間、島はじわじわと体力を失っておる。人口も目減りして、放棄された耕作地も多い。産業もない。守り神として、これはまずいと思っておった」

見上げると、木の上でリルリルはずいぶんと真面目(まじめ)な顔をしていた。

守り神という自覚はあるようだ。

島のために何かしようという気持ちは感じられた。

その心根は尊いと思う。

問題は、「それって錬金術師の仕事じゃなくない⁉」ということである。

「ポーションは作れますけど、島をどうにかするのは政治の仕事です」

リルリルは木から地上にきれいに着地する。

それから私の右肩にぽんと手を置いた。

「いいや、そなたに託す」

「そんなの無理ですよ」

「託す！」

「勝手に託さないでくださいっ！」

責任が重すぎる。

学院では経済学の概論だって学ばないのだ。せいぜい工房での商売の仕方を習うぐらいだ。でも、工房で商売しなきゃいけないんだから、学院で経済学も学ばせるべきでは……？

話がそれたから戻そう。

島を豊かにしろと言われても方法がわからない。

それに島に大きな変化を与えることになればトラブルも絶対に生じるものだ。余所者（よそもの）が勝手なことをしたら苦い顔をする島民がたくさんいるだろう。

それって安定した暮らしと真逆だ……。

「私はしがない錬金術師です！　大きな仕事は受けられません！」

「隠れてそなたの仕事を見ておったが、山に入ってクレールのために【冷気箱（れいきばこ）】の材料を探しておったじゃろう。そなたはまっとうに人のために働ける」

「あっ、幻聴と思ったのはあなただったのか……」

もしや、私は見守られていたのか。監視だった可能性もあるけど……。

「どちらにしろ、工房を構えることまではできても、島の発展は対象外ですよ」

「そこをなんとか！　あくまでそなたのできる範囲でよい！　工房の経営プラスアルファでいいから！」

「そう言われても、よほどの見返りがないとやる気も出ませんよ！　で、やる気のない小娘一人で解決できることじゃないです」

「そうか、そなた、見返りと言ったな」

なぜかリルリルは顔を赤（あか）らめた。

なんだ？　こっちは女子だからハニートラップ的なことも通用しないぞ。

リルリルは真っ白な幻獣の姿に戻った。

今度は白い靄がかかることもなく、一瞬で。

それから、決然とこう述べた。

「そなた、こういうふかふかの毛並みの動物が好きであろう！　この島をよくするために働いてくれるなら、余は……余は……そなたに飼われてやる！」

「か、飼われると……！」

私は生唾(なまつば)を飲んだ。

こんな素晴(すば)らしい毛並みの犬はどんな大貴族も手にできやしない。

しかも、巨大であるぶん、ふかふか度合いは犬の比ではない。

「くうぅん……くうぅん……」

その真っ白で大きな犬は私の顔にその毛をゆっくり押しつけてきた。

はっきり言って、ものすごく気持ちよかった。

理性を溶かしてくるレベルのふかふかもふもふ感……！

「この毛を枕(まくら)にして、昼寝することもできるぞ」

「くっ……！　卑怯(ひきょう)ですよ……。人質をとるような真似(まね)を……！」

「そこまで卑怯なことはしとらん」

「こんな甘い誘惑で私を落とそうとするだなんて！　抗(あらが)えるわけがないじゃないですか……」

「抗う権利は残しておったつもりじゃが、思った以上に効いとるのう……」

「よっしゃー！　私に任せなさいっ！」

言ってしまった。

しょうがないじゃないか。このふかふかを手に入れられるチャンスは人生で二度とないのだから。

「よし、契約完了じゃな。暑苦しいから離れてくれんか？」

「契約が完了したんだから、もうちょっと味わわせてくださいよ。だって、そのために契約したんですから……」

はぁ、はぁ……。素晴らしい毛並み……。王の衣装のベルベットもかくやというなめらかな手触り……。永久に飽きないと断言できる。

「死ぬ時はこんな棺で眠りたい……」

「こやつ、想像以上に変な奴かもしれんな……」

もう遅いぞ。こんな毛並みを教えてくれちゃったら、こちらは乗るしかないのだ。

◇

最高級の毛並みに埋もれるという至福の時間を三十分ほど過ごしてから、私は現実に向き合うことになった。そろそろいいかげんにしろと怒られそうだったので、体を起こした。

「名残惜しいですが、切り替えます」

私の視界の真ん前にはボロッボロのかつての工房がある。

「目下の課題は、この工房をどうにか人が住めて、なおかつお客さんが入ろうと思えるレベルにまで戻すことです」

「おとぎ話の魔女の家みたいじゃな」

ものすごく他人事のようにリルリルが言った。

「魔女だってこんなところには住みたくないですよ。まずはドアの前の細い木をどけねば」

カギは村長からもらっているが、木が邪魔で物理的に開けられない状態だった。

「庭のほうの裏口は使えるのじゃろう。そっちから入ればよかろう」

「よく知ってますね。けど、最初の一歩が裏側っていうのは嫌です」

表が使えなくて裏口のみの店なんて、お客さんの信用も得られない。

人は第一印象で評価を決めてしまうものだ。この店ダメだと判断されるのは困る。

「南国の植物はさすがですね。草はともかく木まで生えてるとは……」

そのぶん、王都近辺ではお目にかかれないような薬草（つまり私にとって商品の材料となるべきもの）もたくさん生えているのだが、現時点では商売の環境を邪魔されているので、素直に喜べる段階ではない。

「十日間を目途に住めるレベルにまで復旧させましょう。プラス四日で開店まで持っていければ上出来です」

ぱんぱんと、乾いた音が響いた。

何だと思ったらリルリルが人の姿になっていた。また薄い靄が出たが、今回は最初から人の姿が靄の奥に見えた。

人の姿で、自分の両手のほこりを落とすように軽く叩いていた。

「営業まで二週間も待ってられん。もっと早く終わらすぞ」

リルリルはそう言いながら、もう細い木に左手を伸ばす。

「ほいっ！」

するすると木が抜けていく！

まるで、土に埋まってるのではなくて、水につかってましたというように。

「なんてバカ力！　しかも、根っこも切れずにちゃんとついている……！」

「こういうのはコツがある。そなたもヒゲ根のようになっている草を抜く時に力の入れ方を加減するじゃろ？」

もはや力任せというより、魔法の一種だ、いや、本当に魔法なのか？

「これでドアまではアプローチできるな。さあ、先に進むぞ」

「すごいです！　これは守り神！　今のも魔法を使われてますよね？」

「わからん」

そっけなく一蹴（いっしゅう）された。

「塩対応すぎやしませんか？　都会人の王都の人でももう少し愛想のある対応しますよ。それとも幻獣だけの秘伝の魔法だったりするんですか？」

リルリルは手を左右にぶんぶん振った。

「違う、違う。本当にわからんのじゃ。余に魔力は備（そな）わっておるようじゃが、その魔力がどういうものか把握しとらん。なので、こういうことも経験だけでやっておる。魔法として習ったことなど一度もない」

経験だけで？

ああ、これが幻獣というものなのかと思い知らされた。

いつのまにか、高度な魔法が使いまくれるようになってる人間は存在しない。幻獣はそれができる。

「やっぱり格が違いますね……」

「ここの掃除ぐらい手伝ってやろう。幻獣なんて一年中暇しておるからのう」

夢のようなことを言いつつ、リルリルはドアに手をかけていた。

「カギを渡してくれ。ああ、そなたが開けるか？」

「せっかくなので私がやります」

木でふさがれていたくせにカギはあっさりとドアのカギ穴に入った。

「よし、ようやく工房の中にたどり着いたのう」

ドアを前に押し開けて、そのままリルリルは建物の中に入っていく。

「家主の私より先に入るのはどうなんですか」

そこは最初の一歩も私にやらせてくれと思いながら、リルリルに続く。

室内は外側の惨状と比べるとマシだった。

ほこりは溜まっているが、湿気のせいで床材が腐ったりしてるよりははるかにいい。

「うん、思ったよりは傷んでないですね。あ〜、【除湿石】がちゃんと置いてあります。グッジョブ前任者」

カウンターの上にどんと置いてある四角い白っぽい石は【除湿石】といって、立派な魔導具だ。

「これがなかったら、湿気で屋根が腐って落ちたかもしれません。あ、でも、そしたら国のお金で新たに建て直したかもしれないのか。おのれ、【除湿石】……」

「わざわざマイナスに考えるな。掃除だけで済むのじゃからよかろう」

「どうせなら新築にあこがれるじゃないですか。学院の寮だって古くて汚れ……伝統的な建物だったんですよ」

「口数が多いのう。陰気な奴よりはマシか。今後もどんどんほざいてわめけ」

ぽんとリルリルが私の頭に手を載せた。犬に近い動物にペット扱いされている。

気を取り直して、私も工房内部の確認をする。

「ここが店舗部分というわけじゃな」

「そうです。さっきのドアがお客さんにとっての入口です」

「入って左手のドアが住居部分に続いておるのかのう。うむ、正解じゃな」

また私より先に中身を見たな。

「住居もそんなに傷んではおらんな。無理をすれば住めるじゃろ」

「無理をしないと住めない物件は困ります」

施設も学院の寮も古かったので、生まれてこのかたきれいな家に住めたことがない。そろそろ住みたいぞ。

「すると、店舗の奥にあるドアはどこに続いてるんじゃ?」

リルリルは先へ先へと進んでいく。やはり行動が犬だ。正体は巨大な犬だしな。というか、今気づいたけど、人間形態でも尻尾（しっぽ）はあるんだな。

尻尾が左右に動いているが、機嫌はいいのだろうか？

「あの、たまには家主に先を譲っていただけませんか？」

リルリルを追うように店舗部分の奥のドアを開けると、ちょうど正面に庭園（だったもの）が広がっていた。

大きな池があって、周囲を歩けるようになっている。

なっていた――と過去形にしたほうがいいな。

ここもいろんな草が茂っていて、しかも池も水の供給がないのか、ほぼ枯れ気味で、毒の沼地みたいだ。

「ううむ……見苦しいのう」

リルリルの尻尾が垂れた。テンションが下がったらしい。

「でしょう。私は工房の裏手には何度も回っているので、とくに驚きはないです。池泉回遊式庭園というやつですね。本来なら、通路を示す敷石を踏んでいけば、庭園全体を散策できる仕掛けになってます」

「茂みで封鎖されとるぞ」

「『本来なら』と言いました」

庭園の掃除なんて後回しも後回しだ。

「で、庭園の左手は――畑地か。ここはきれいじゃのう」

「でしょう。私が整備しましたから。畑そっくりですが、厳密には薬草園と言います。錬金術師の工房には必須のものです」

ミスティール教授がよく言っていた。「薬草園が整っているかどうかで錬金術師のレベルがわかる」と。

「どんなに工房がおしゃれで居心地がよい空間でも、薬草園で育てられている植物の種類が少なければ、同業者からは腕が悪い錬金術師とバレます。真っ先に整備しなければいけない場所でした」

「どうせなら工房もきれいなほうがよいがの」

「わかってますよ~だ。それは痛いほどわかってま~す」

「ひとまず工房の全容は知れた。まずは住居部分の掃除じゃな。拭き掃除用の雑巾を出せ」

この幻獣、本当にせっかちだなあ。

人手が倍になるのはありがたいが。カノン村の人に手伝ってもらうよりは気を遣わずにすむ。

すでに何かとなあなあで済ませているが、工房を開いて薬を売るとなれば、タダでいいですよと言うわけにはいかない。薬というのは、たいてい高額なので、お金はちゃんといただかないとやっていけないのだ。

「雑巾ですか。黄色っぽい布の袋に消耗品は入れてきまし――」

全部言い終わる前にリルリルは拭き掃除を開始した。

「あの、手伝ってくれるのはありがたいんですが……服が汚れますよ」

リルリルは純白と呼んで差し支えないきれいな白のワンピース姿だ。

とてもじゃないが、ほこりだらけの室内の掃除をお願いする気にはなれない。

美しいものが汚れるのには抵抗がある。変な性癖の人は美しいものが汚れることに興奮するかもしれないが。

「ああ、この服はな、余の体の一部じゃ。なので問題ない。本体が水浴びでもすれば、汚れもとれる」

「えっ、服がふわふわの毛に該当するんですか？　じゃあ、服は脱げないとか？　その姿で入浴するんですか？」

「そういうわけでもないんじゃがな。そこも魔力で上手いこと調節しておる。余もあまり把握しておらん」

「都合がいいなあと思いましたが、考えてみれば、こんな完璧な変化の魔法は魔導士でもとてつもなく高位の人しかできませんね」

幻獣の世界に、私たちの常識は通用しないらしい。

「まあ、いいでしょう！　掃除人数も当初の二倍！　今からこの建物をピッカピカにしてやりましょう！」

私は雑巾を握り締めて、気合いを入れた！

やるぞーっ！


二時間ほどで力尽きた。

「こするのって意外と体力使いますね……」

これが十五年使われてないということか。

ほこりがこびりついてるところも多い。

それに雑巾がすぐに黒くなってしまうので水洗いが何度も必要になる。

こちとら力仕事に慣れてないので、すぐに限界が来た。

床は汚くて寝転がることもできないので、椅子(いす)だけきれいにしてそこに座った。

リルリルはまだ元気に活動しているし、むしろちょっと楽しんでると思う。とはいえ、召使いのように働かせるのはこっちの気が退(ひ)けた。

「一度、休憩としましょう」

「なんじゃ。まだまだ余はやれるぞ」

「どのみち長丁場になります。こつこつやりましょう。今日はこのぐらいでいいです」

「じゃが、寝室はまだまだほこりっぽくて寝られる環境ではないぞ。どうする？」

「もちろんクレールおばさんの家に泊まります」

「じゃあ、余もそうするか。人でない姿なら知られておる」

「はい、それでお願いします。一人泊まるのも二人泊まるのも同じこと――えっ？」

普通に流そうとしたが、大丈夫なのか？

幻獣が泊まりに来たなんて話になったら村がパニックにならないか？

友達が島にやってきたとでも言えば一泊なら誤魔化(ごまか)せはする。けどリルリルは、当面は私と行動をともにするらしいので、自己紹介ぐらいはしておくほうがいい……。

ただでさえ余所者がめったにいない島の中なのだ。

人の姿で私の近くにいれば、隠せるわけなどないし……。

「そなた、いろいろ悩んでおるようじゃが、多分心配せんでよいぞ。余計な気苦労じゃ」

「そうは言ってもですね、幻獣には経験のない気遣いというものが世間にはあるんですよ。村に通りのいい説明を考えないと……」

「じゃから、杞憂じゃって。あっ、こやつ、あんまり人の話を聞かん奴じゃな……」

◇

「あ〜、リルリル様じゃねえか　今日はフレイアちゃんと一緒かい」『リルリル様、お久しぶりです」

「リルリル様、いいシカが獲れたからステーキどうですか？　錬金術師さん、今日も暑いけど夏はもっと暑くなるんで気をつけてくださいね」「リルリル様、いちだんときれいですね。って、あたしが子供の頃からそんな見た目だねえ」

リルリルの正体、周知の事実！

「だから余計な気苦労じゃと言ったじゃろうが。そなたが悪い」

「むっ……むむむ……。『私が悪かったです』と言わなければいけないところです」

「じゃったら、言わんか。それは言っておらんじゃろ」

守り神リルリルの自己紹介は不要に終わった。

そこにサーキャおばあちゃんもやってきた。

「言ったとおりの見た目じゃったろう？　守り神様はふっさふさの白い毛をしておるんよ。今は人の姿だがねえ」

「ですね。実はサーキャおばあちゃんが事前にすべて教えてくれてたんですね……」

リルリルの情報は出会う前からちゃんと仕入れていたのだ。

ただ、仕入れていたことに気づいていなかっただけだ。

「近場に素材があったことにあとで気づくというのは錬金術師あるあるなんですが、それに近いです。お恥ずかしい……」

「なあに、人間なんて死ぬまで恥をかき続けるんだから、気にしてちゃいけないよ」

サーキャおばあちゃんの言葉は名言なので、メモ帳に記入しておこう。


リルリルの自己紹介は不要とはいえ、リルリルと私が知り合ったことは伝えたほうがよいので、私たちはカノン村をくまなく歩き回った。

村というと狭く聞こえるかもしれないが、そんなことはない。低いところにも高いところにも畑地があり、家も一箇所に集中せずに分散している。アップダウンもあるうえに、移動距離も長いのだ。

あいさつ回りのあと、クレールおばさんの家に行った。

リルリルとセットでも当然のように歓迎され、食べきれないほどのごはんを出してもらった。

リルリルはどっちの姿で食べるのかと思ったが、普通に少女の姿で食事をするらしい。

たしかに、オオカミの姿で、テーブルの下にお皿を置かれるというのは人間的な生活を知ってるなら屈辱かもな。

「【冷気箱】のおかげで安心して多めに作れるよ」と言ってもらえた。作ったかいがある。

なお、私が食べきれなかった分はリルリルが食べた。

「人間の姿で食べると、すっごい大食いに見えますね」

「本体のサイズを知っておるじゃろ。たくさん食べたい」

私は食事をしつつ、明日以降の掃除計画を考えていた。

リルリルがいてくれるので当初の予定よりは大幅に早く終わると思うけど、もっと効率化を図(はか)りたい。あと、もっとピカピカにしたい。

掃除用のいい薬品、何かなかったか?

ここが学院なら確実にあるのだけど、島ではどうしようもない。

さっき寄った村の雑貨屋さん(数少ない村のお店)にもめぼしいものはなかった。

となると、自力で作ることになるか。

「なんか、考えごとかい?」

「まあ、そんなとこです」

デザートにクレールおばさんがフルーツを出してくれた。

オレンジに似てるけど品種がちょっと違うものだ。

「ほおおお！　すっぱいのう……」

リルリルがかぶりついて口をすぼめていた。

「犬の仲間って柑橘系、大丈夫でしたっけ？」

「余は幻獣じゃからな。タマネギすら食える」

リルリルが偉そうに胸を張った。

「こういう果実は味は悪くないが、トゲがチクチクするから鬱陶しいんじゃよな。あのトゲをどうにかできんもんか」

「果実を獲られたくないからトゲを生やしてると思うので、私たちみたいな果実を獲る側がいる間は難しいでしょうね」

その時、授業の記憶がふっと頭をよぎった。

トゲ。

そして果実。

しかもここは南方の土地だ。

探せばあるかもしれない。

「リルリル、私は明日、少し森に入ろうと思います。掃除はいったんストップで」

「はぁ？　薬草を採取する前に掃除をせんとあかんじゃろ。順序をわきまえよ」

「その掃除を楽にできる薬草を探すんですよ」

リルリルの顔には「わけがわからん」と書いてあった。

その日、私たちはクレールおばさんの家に泊まった。

私たち――というのは、リルリルも泊まったからだ。

リルリルの寝床も青翡翠島のどこかにあるはずだが、せっかくだから今日はおばさんの家にするらしい。

私もおばさんの厄介になっているわけなので、遠慮しろとも言いづらい。

私が寝ていた部屋の隣に、ほかの部屋からもう一つベッドが設置された。

「さて、明日に備えて早く寝るかのう」

リルリルは人の姿でベッドに横になる。

「そういや、人の姿で寝るんですね！」

てっきり、こういう時は本体である犬の姿になるものかと。

「あれだと、サイズがデカくて邪魔じゃろうが」

「やけに合理的な答え……。ちなみにですが、どっちが本体なんですか？」

「不思議なことを聞くのう。じゃあ、そなたは着飾ったら偽物になるのか？　そんなことなかろう」

「むむむ……。誤魔化された気がしないでもないですが、正論だと認めましょう」

私も、どの姿もすべて本来の私ですと言い張れるような人間になりたいものだ。

「それとな、その……」

なぜかリルリルは答えづらそうだった。

「獣の姿だと、毛がたくさん抜けるので、ベッドの掃除が大変になるじゃろ……」

「守り神ってやけに細かいことにまで気をつかうんですね」

本音を言うと、八割感心しつつも、神聖さのヴェールが一枚はがれた気もした。

「むっ？　そなた、余のような大型獣の毛の量を舐(な)めておるじゃろ。床を掃除するだけでとんでもない量の抜け毛になるぞ？　頭ぐらいにしか毛の生えてない人間の基準で考えるなよ？」

頬(ほお)をふくらませたリルリルが体を起こしてきた。

「いえ、一緒に暮らしていくうえでは、ありがたい性格だなと思ってますよ、本当に」

「なんか、釈然とせんな。正しいことを言ったのに、小ばかにされておる気がする……」

神々しく所帯じみることは不可能に近いのだ。

◇

翌朝、私たちは森の中に入っていった。

ついてきたリルリルは人の姿だ。

「そっちの格好でいいんですか？　てっきり獣のまま野山を駆け巡るのかと」

「能力的にはこの姿でも違いはないから心配いらぬ。それに――」

リルリルは前に出して両手を握ったり、閉じたりした。

「――人間の手のほうが採取もしやすいのでな」

「今日は採取までついてきてくれるんですね。ありがたくはありますが」

実を言うと、リルリルに手伝ってもらうのも申し訳ないし、どこかでのんびりしてもらうつもりだった。

「どうせ暇じゃしな。今日は掃除をしなくてよいと言われてはやることもない」

「そこまでしてもらってペットというのも無礼ですね。名目的なものですが」

私は頭の中で適切な言葉を探した。

「これからは弟子ということでいかがでしょうか?」

「ペットも弟子も屈辱的なのは変わらんから、あんまり意味ないぞ」

「言われてみれば……」

守り神に対する扱いとしてはどっちも不敬か。

「なら、役職はあなたにお任せします。弟子でも守護者でも何でも名乗ってください。たまにあのふかふか感を堪能(たんのう)させてもらえれば。減るものでもないので、よろしく」

「減るものではないというのは、提供を受ける側が言う言葉ではないぞ。で、何を探すんじゃ?まだはっきり聞いてない」

リルリルに探してもらう予定じゃなかったからな。

「トゲのついてる木を探してください。正解かどうかは私がジャッジします」

「トゲか。それならあっちのほうにあったかのう」

ひょいひょいリルリルは斜面を駆け上がる。

見た目は華奢な女子なので、木の枝にワンピースを引っ掛けてしまいそうでひやひやするが、リルリルは透明なのかというぐらいするする進んでいく。

どれぐらいの距離感で回避ができるか、完全に体で覚えているらしい。

「ほら、これはどうじゃ？　若い木にはトゲがたくさんついておる」

「ああ、これは山椒ですね。実には体を温める効果がありますし、なにより香辛料としても使えるのでよい薬草です」

これ、香辛料にして王都に持っていったら、いいお土産になるな。

今、私が王都に行っても島から逃げ帰ってきたようにしか見えないから、王都に戻るのはずっと先のことだけど……。三年の奉公期間を無視したようにもとられるし……。実際には一か月間、営業してないとかでなければ出歩くのは許されている。でないと、薬草採取のために工房を数日空けるとかできないので。

「ただ、山椒ではありません。次に期待しましょう」

「違ったか。まあ、よい。次を探すとする」

またひょいひょいリルリルは進む。

森の中で白いワンピースの銀髪の少女を見るのはまだ慣れない。

リルリルの存在を知る前に出会っていたら、死霊だと本気で勘違いしそうだ。

それぐらいに現実感がないが、今の私は工房の掃除をするためというひどく現実的な理由で森をさまよっている。

「ほら、この白い花が咲いておる植物もトゲだらけじゃぞ」

「ノイバラですね。下剤に使うやつです」

「また違ったか。そいじゃ、あっちにあるのはどうじゃ？　トゲだらけじゃぞ」

「それはタラノキですね。皮をはがして煎じて飲むと胃腸を休める効果があります。とくに飲みすぎの時とかによいそうです。でも、どっちかというと高級食材として有名ですね。食べられるのは新芽だけですが」

「トゲ以外の情報も何か出せ！　トゲのついてる木ぐらい、なんぼでもあるじゃろ！　ハズレばっかりで腹が立ってきた！」

あっ、ハズレが続いてすねてしまった。

「植物の説明というのはなかなか難しいんですよ。素人が毒草を採ってきて大惨事ということもしょっちゅう起こってますし。弟子に細かく教えるのは、もうちょっと先ですね」

「へいへーい」

リルリルは頭をかいてトゲ植物探しに戻っていった。

教授は「弟子はお客様ではない。まずは師匠からこの木が何かと教わるだけの期間を設けるぐらいでいい」と言ってたが、幻獣にそれが通用するのかは不明だ。

「それと、植物の特徴って口で伝えるのが難しいんですよ。トゲだとか誰にでも伝えられる言葉だけを並べて、種を同定するというのはほぼ不可能に近いです。それこそ、言葉にすれば特徴は同じだけど、片方は薬用で、もう一方は猛毒なんてこともあるんです」

そもそも薬用と毒の違いなんて、処方による相対的なものでしかないしな。

少量だと気付け薬になるが、多く摂取すると死ぬなんてことはザラにある。

リルリルは私の顔をじっと見つめてから、うなずいた。

「さようか。心得た。余も弟子として殊勝(しゅしょう)に働く」

どうやら理解してもらえたらしい。

人に教えた経験などほぼないから、せいぜい誠実に対応するだけだ。

「トゲというと、大きな豆みたいなのが生(な)る木にもついておったな」

リルリルは小走りで私のほうに走ってきて、そのまま駆け抜けていった。

たったか、たったか、たったか。

今度は斜面を下っていく。

「あっ、もう少しゆっくりお願いします！　はぐれます！　遭難します！」

森の中の道なんてろくに把握してないので、そこはリルリル任せだったのだ。

なのであまり単独行動をされると見失ってしまう！

「この程度の速度ならついてこれるじゃろ」

「無理無理！　そっちは幻獣で、こっちは人間ですから！　持久力はあっても瞬発力はまったくないんです！　錬金術師ってのはそういうものなんです！」

私はあわてて斜面を下る。倒れるのが怖いので、へっぴり腰になったら、地面にお尻がついてしまった。

　走ってるのか転落してるのかわからないまま、お尻で地面をすべっていく！

　島に来て一週間で早くも命懸け！

　ちょっとした平坦地のところで、やっと体が止まった。ほっとして立ち上がると、真ん前にリルリルが立っていた。

「あなたが人の姿になれるといっても、人の運動能力ではないことだけはわかりました……。わんぱくガキ大将の行動力ですよ……」

「この木はどうじゃ？　変な豆ができる木じゃが」

　リルリルは私の苦労など興味はないらしく、木に手を置いていた。気楽なものだな……　おっ⁉

　この山椒に似た羽みたいな葉の並びはもしや！

　もしやも何も、地面の岩場に去年できたとおぼしき房もたくさん落ちている。

　黒くなった豆に似た房だ。

「これです、これです。サイカチの仲間のダイオウサイカチです。ちゃんと熟したものも落ちていますし完璧です！」

　私は袋を出すと、房をどんどん放(ほう)り込(こ)んだ。

「ん～？　これでどうやって掃除が楽になるんじゃ？」

「ここから先は私の出番です。成績だけはよかったので信用してください」

◇

私は工房（まだ営業できてないが）に戻ると、早速作業に取りかかった。

「本当に簡単なので、リルリルもよく見ていてください。まず、ダイオウサイカチの房から黒い豆を取り出します」

「見た目は傷んだ豆じゃな」

「そんなに間違ってません。これを薬剤を作る用の鍋に入れて、聖水を加えます。ついでに魔力増強石の粉も少々」

材料はこれでおしまいだ。

「で、あとは回す、回す、回す！」

私は鍋をひたすら作業用の棒でかき混ぜる。

次第に豆の周囲から白い泡が現れてきた。

だんだん鍋が泡で満たされる。

「うわ、なんじゃ、こりゃ！　泡だらけではないか！」

「完成しました。【聖水加護付き強力洗剤】です！」

これで掃除が劇的に楽になるはずだ。

私は雑巾を泡の中にちょっと入れてすぐ引き出す。

それから、少し手を伸ばして、テーブルの一つをさっと一拭きする。

「泡がテーブルについただけではないか？」

「十五秒ほど待ってください。それからきれいな布で乾拭きすると——」

テーブルの表面が一気にピカピカになっていた。

「うおぉーっ！　鏡みたいになっておる！」

魔法をはじめて見た少女みたいに、リルリルはテーブルを見つめている。

そのテーブルにリルリルの顔がうっすら反射していた。

「ふっふっふ！　これなら、どれだけ汚れが染みついていようと、さっと一拭きして、汚れを取るだけで済みます！　何度もこすらないといけない場所が都合二回拭くだけで終わるんです！」

もうリルリルは雑巾を【聖水加護付き強力洗剤】に漬けていた。

「余も汚れがきれいに落ちるのをやってみたい、やってみたい！　むしろ、そなたは何もするな！　余が全部やる！」

そのままリルリルは新築より美しくするなどと無茶なことを言って、作業に取りかかった。

ものすごく強力な洗剤があると、掃除が楽しくなるよな。気持ちはわかる。

すぐにピカピカにできると全能感が出る。

島の守り神が掃除で全能感を出すまでもない気もするけども……。

手伝うと怒られそうなので、私は安楽椅子に座って、リルリルが休憩するまで待つことにした。

南国は気温が高くて、足が冷えないのがいいな。ふあぁ……。

青翡翠島へと向かう船が嵐で揺れまくる夢で目が覚めた。

タチの悪い悪夢だなと思ったら、リルリルが安楽椅子を揺すぶっていた。

「おっ、やっと起きよったか」

「ちょっと！　もっとまともな起こし方してください！　夢の中で吐くところでしたよ！」

酔ったような気分で目覚めるとか最悪にもほどがある！

「だって、そなたに完璧なビフォーアフターを見せたかったんじゃ。見よ、あまりにも変わっておる」

言われて、店舗部分がどこも照り輝いているのに気づいた。

「こ、こんなにもですか⁉　自分でも想像できないぐらいによくなってます！」

「それだけではないぞ。住居のほうも見るがよい！」

ドアを開けると、木の床に自分の顔が少し映った。

「本当に鏡みたいですね……。ここまでとは……」

「徹底的にやったからのう。これなら今日からでも住めそうじゃな」

リルリルのその言葉はちっともおおげさではなかった。

それぐらいにボロボロだった元工房は、いつでも新規開店できそうな状態にまで見違えていた。

「洗剤の効果恐るべしですね。いえ、これはリルリルのおかげでしょう」

なにせリルリルの顔やワンピースは少し黒く汚れていたのだ。

献身的に掃除をしてくれた証しだ。

「ありがとうございます。想定よりはるかに早くお店を開くことができそうです」

「別にどうということはないわい。そなたがしっかり働こうとしておることがわかったからのう」

そっぽを向きながらリルリルはこう続けた。

「だったら……手を貸すのは自然なことじゃろ」

しっかり働いてくれたのはリルリルのほうじゃないかと思ったが、そこは言わないでおくことにしよう。

強い理由などなくてもそばにいる誰かのために動こうとする、リルリルはそういう性格なのだ。

「やはりペットは失礼ですね。正式に弟子ということにさせてください。リルリルは錬金術師フレイアの一番弟子です」

「心得た。弟子として尽くしてやる……ふあぁ……あぁぁ……」

大きなあくびだなあと思った。

「掃除は走り回るのとは違う疲れが出るものじゃな。余も三十分ほど昼寝する」

部屋の隅でリルリルは白くて大きなオオカミの姿になって、そこで丸まった。

「なるほど。獣の姿なら部屋で寝ても違和感ないですね」

そう考えると、二種類に姿を使い分けられるのって便利だな。

「よく働いたあとの午睡は心地よいものじゃ」

私の前に最高級毛布を超えたふわふわが現れた。

ここは私も役得にあずからせてもらおうじゃないか。

私はリルリルのおなかのあたりに頭を乗せる。

あぁ……ほどよく沈む！

この包まれている感覚は何物にも代えがたい！

………このままいつのまにか睡魔がやってきて、やがて眠りに落ち………………たりはしなかった。

「昼寝したばっかりですもんね……。こんなことなら起きているべきでした……」

結局、私は冴（さ）えた目のまま、もふもふに抱（いだ）かれることを選んだ。

「起きたままというのも、それはそれでよいものです」

工房の内部もきれいになったことだし。

あとは商品さえ揃（そろ）えることができれば、営業もできる。工房で寝泊まりして……ん……？　……寝泊まり？

さっき安楽椅子で眠って、今はリルリルにもたれかかっているが、寝室はまだ見てなかったな。

起き上がって、かつての寝室だった部屋に行ってみた。

部屋の床や壁はきれいになっていた。さすがリルリルが努力しただけのことはある。

そんなきれいな壁や床の隅に、古くてボロボロの朽（く）ちたベッドが置いてあった。

「こればっかりは新品を購入するしかないですね……」

私が工房で住めるようになるまで、まだまだかかりそうだ。

第四章　除草砂

工房が光り輝くほどに磨かれたその日も、私たちはクレールおばさんの家で泊まった。

私たちというのは今日もリルリルが泊まるからだ。

まあ、弟子だけ違うところで寝ろとも言えないしな。

「すみません、建物は清潔になったんですが、ベッドがありません。明日、港に買いに行きますのでもう一泊お願いいたします」

「あはははは！　そんなケチ臭いこと言わずに一年でも三年でも泊まっていきな！」

建物がきれいなだけでは衣食住の「住」は完成しないのだ。生活のなんと難しいことよ。一人暮らししているすべての人に尊敬の念を抱いてしまう。

なお、ベッド自体は販売してあるのを港で確認していた。

港と二つの村——島の三箇所の集落で暮らす島民のために家具類も売ってはいる。

その手のものは腐ったりはしないので、ストックを置いている店はあるのだ。

いきなり百人分のベッドをくれとか言うと在庫がないと言われそうだけど、前触れなく島の人口が百人増えることはないので問題ない。

Chill and Airy Memoirs of the Alchemist's Remote Island Frontier

私は寝る前に、リルリルに明日の予定を話した。

なお、人の家にいる時は、リルリルは基本的に少女の姿をとるらしい。

本人いわく、「獣だと動く時につかえて邪魔じゃ」とのこと。

「明日は家具を買いに行きます。ついてきてくださってても、こなくてもどっちでもいいです」

「余は弟子じゃからな。ちゃんとついていくぞ。暇だしのう」

こんなに堂々と暇と言えるの、うらやましい。

身寄りのない私にとって、暇というのは無論ありがたくもあるが、ちょっとした恐怖でもある。

そりゃ暇な仕事でお金がしっかり稼げるならそのほうがいいが、仕事が成り立たなくて暇な状態は勘弁してほしい。

「住めるようになったら、ちょっとずつ商品でも作りましょうかね。営業だけならできなくもないですが、棚が空っぽすぎると見栄えが悪いので」

「そういえば、錬金術師の工房というのは無数のビンが後ろの棚に並んでおる印象じゃな。前任の錬金術師の店もそんな感じじゃった」

リルリルが右斜め上に視線を送っている。

そこに何かあるのではなくて昔のことを思い出しているのだろう。

「そうなんです。めったに出ないような地味な薬品まで置いてあるものなんですよ。ほぼ、こけおどしですけどね。小賢しいことです」

「小賢しいとか言うな。そなた、そこそこ口が悪いのう」

「教授にもけっこう叱(しか)られました。でも、教授も口が悪かったんですけどね。じゃあ、むしろ教授のせい？」

大陸から教授の「人のせいにするな。バカ」という声が聞こえてきた気がした。

「錬金術師の売れ筋商品って、ほぼ回復系のポーションのみですからね。それだけ売ってれば、食べてはいけるんですよ」

「それは冒険者の利用がある土地の場合ではないか？　連中はポーションを求める頻度が格段に多いじゃろ。青翡翠島(あおひすいじま)に冒険者は滅多に来んから、そこまで売れんぞ」

「うっ！　ものすごく的確な指摘！」

私は弟子に完全にやり込(こ)められた。

「なんでそんなことまで知ってるんですか……？　各地を旅してたりしました？」

「島を出たことはあるが、島に寄る船乗りに話を聞く機会はあるからのう。この姿じゃと、話をしたがる奴(やつ)はいくらでも来る」

リルリルは自分の顔をにんまり笑って指差した。

私の前には掛け値なしの銀髪の美少女がいる。

口元にタマネギついてるけど。

「たしかに、鼻の下伸ばして何でも話して聞かせてくれそうですね……」

三年前なら私も「男子ってサイテー」なんて感想を抱いたかもしれないが、自分だってひげくちゃのおじさんよりはかわいい女子と話したいと思う。

「なので錬金術師についてもそれなりに詳しいぞ。あくまでそれなりじゃがな」

「師匠としてはあんまり調子に乗るなと言うところかもしれませんが、ご自由にどうぞ」

さすがに弟子が偉大すぎる。

「まっ、最速で明日には、ついに工房をオープンできる準備は完了ということです！　ただし、予定は変更になる場合があります！　それと、準備が済むこととオープンすることはまた別です！」

「大きな声で言う割には、補足が多いのう！」

「一刻も早く開店しなきゃいけないわけではないので。薬が必要な人がいるなら、営業と関係なく作ることもできますし。お店のオープンというのはいわば形式です」

この点は小さな島でよかった。

都会では店を開業させない限り、おそらく誰も寄りつかない。

ごはんをごちそうになることもできないし、まさに生活ができない。

「なんだかんだで島に来て二週間ほどで工房を開けることができると考えれば、上出来じゃないですかね。さすが本来の成績トップなだけあります」

「庭園の整備がちっともできておらんがの」

弟子が嫌な指摘をしてきた。

「そういえば、残ってましたね……」

工房と薬草園の奥に広がる無駄に広い庭園。現状は雑木林。

家が広いというのも歓迎すべきことだけじゃないな。

「そこは後回しにしましょう。まずはベッド購入です」

「そしたら明日の朝方はすることはないんじゃな。散歩するからそなたも付き合え」

口には出さなかったが、ものすごく犬っぽいと私は思った。

「余はもう寝る」

そう言って、リルリルは獣の姿に変わった。せっかくなので、ちょっと毛並みを撫(な)でた。かなり嫌がられた。

◇

翌朝、私は肉球の感触で目が覚めた。

リルリルが獣の手を載せているのだ。

本人いわく、起きたいと思った時間に起きられるらしい。

「散歩じゃ。そなたも細かい道までは覚えておらんし、ちょうどよかろう」

獣姿だと、ぱっと見は犬の散歩みたいになるが、わざとやってるのだろう。カノン村の近くを歩いた。

「なんと言いますか、絵に描いたような農村ですねえ。こういう田園風景(でんえんふうけい)の絵、学院の職員室にも掛かってましたよ」

畑が広がっていて、ところどころに家がある。

とくに高台に上がると、村の全体像がよく見渡せた。

村の奥にはわずかに海も見える。海からほどよく離れているので、潮風で作物がまったく育たないということもないというわけだ。

港の周辺でなく、徒歩三十分ほどの場所にこのカノン村がある理由がよくわかる。

「気温的に暖かいからというのもありますが、寒村という言葉は似合いませんね。裕福ではないですが、貧しくもないというか」

「そういう感想か。感想に間違いも正解もないから、それもまた真実じゃな」

「むっ、なんか引っかかる物言いですね。ということは、リルリルはこれには納得いってないということですか」

「余はこの島の発展のためにそなたを呼んだんじゃからな。現状に満足しておるわけなかろう」

「そういや、そうでした」

リルリルは守り神としてこの島をもっとよくしたいのだ。

「そなたは海側を見ておるじゃろう。逆側に入っていくと、余が不満な理由もわかる」

「逆側というと、山側？」

私はリルリルについて、村の中へ通じるちょっとした坂を上がっていった。

私たちの前には荒れた土地が広がっている。

いろいろと草や低木が生えてはいるが、どれも痩せた土地に生えてくるものだ。

「まるで私の薬草園……。いや、もっとひどい。規模が違いすぎます」

荒れた土地はずっと先まで続いている。

草木のせいで終点がわからないが、相当な距離なのは間違いない。

「これは荒れ地……いえ、畑の跡地ですね」

「そうじゃ、いわゆる耕作放棄地というものじゃな。高台の畑を耕すのは疲れる。人口が減ってくると余力がなくなって、高台の畑は捨て置かれるというわけじゃ」

はっきり言って、こんな土地は世界中に無数にあるだろう。

それでも自分の目ではっきり見るのはショッキングなものだ。

「畑というのは極めて人工的なものです。ある意味、自然に戻りつつあるだけとも言えます。ですが――荒れた土地をこの目で見ると、物悲しい気分にはなりますね」

かつてはこの土地でも何か作物が収穫されていたのだろう。

ニンジンかタマネギか、そのあたりか。

奥に入り込まないと目につかない荒れ地は、まさに知らないうちにカノン村の体力が衰えていることの象徴のように見えた。

「ここはオグルドの父親が腰を痛めた時に放っておかれて、それ以来こんな有様じゃ。一念発起してまた栽培をしてやろうと思っておるようじゃが、整備の目途が立たずにこのままになっておる」

「低木の数が多いです。森へと近づいてきていますね。草引きのレベルで解消できる段階は過ぎてしまってます」

これを畑に戻すにはかなりの大仕事になる。

「このまま何も手を打たねば、島は少しずつ弱っていくじゃろう。対策を立てるなら早いほうがよい。じゃから、そなたを招いた。これはどうにかできぬか？」

「リルリルの運動量なら少しは打つ手も……いや、きりがありませんね。この土地だけに手を貸すというのは守り神の役目として不適切です」

「そういうことじゃ。手を加えすぎれば、余が支配する村になってしまう。それはまずい」

リルリルもオオカミの姿で荒れ地を眺めている。

なんだか寂(さび)しそうな後ろ姿だ。幻獣(げんじゅう)の威圧感みたいなものはない。

「工房のほうを優先してくれて構わんから、力を貸してくれんかのう？」

リルリルがじぃ～と私の目を覗(のぞ)き込むように見つめてくる。

少し不思議な気持ちがした。強制されてるわけでもないのに、「はいはい、また今度」と言いづらい何かがあるというか。

学院の後輩にものを頼まれたらこんな気持ちになったのだろうか。後輩にも好かれないタイプだったので、こんな機会がなかった……。こんなふうに正面から頼まれれば手伝ってあげなくもなかったのに……。

後輩でも助けてあげようと思う。いわんや、弟子なら助けるしかないか。

私はぽりぽりと頭をかいた。

「ここ、クレールおばさんとオグルドおじさんの家のものなんですよね。だったら、放ってはおけませんよ。恩には報いる必要があります」

耕作放棄地の話なんて、村の人からほとんど聞いてはいなかった。

わざわざ泣き言を言わなくてもと思ったのか。

それとも、仕方のないことだと諦めているのか。

どっちにしろ、このままにしておきたくはなかった。

ポーションを売って、それで事足れりとするわけにはいかない。

この島に足りないのはポーションじゃない。もう一度、元気な村に戻せるんだという希望だ。

「わかりました。工房の開店前に一肌脱いでやろうじゃないですか。開店記念の宣伝としては悪くないでしょう」

「本当か！　やってくれるか！」

「リルリルの頼みだけならわからないですが、お世話になった人のためには何かしたいですからね」

「そなたは素直じゃないのう」

リルリルが頭に肉球を乗せてきた。

「いえ、私は素直ですけどね」

ちょっとおちょくられている気もするが、肉球が気持ちよいので許す。

と言ってはみたものの、どうすればよいのだろう……？

ベッドを買って、工房に戻った（馬車に積むまでもなくオオカミ姿のリルリルが運んでくれた）あと、私は錬金術の本を何冊も開いていた。

除草剤に関するものを探す。

はっきり言って草木を枯らすことだけなら簡単だ。

草木が生きられない毒をかければいい。

だが――

「『この除草剤に汚染された土を元に戻すのには三年かかります』って、三年も待ってられませんよ！　気長にやりすぎです！」

「ふうむ。これは広大な農地を開拓するケースのようじゃな。この島の畑には向かん。しかも、毒が低地の畑にも入ってきそうじゃ」

私の椅子（いす）の横にリルリルは椅子を置いて座っている。

位置としてはアシスタントっぽい。少女の姿になってるし。弟子だから、アシスタントと似たようなものか。

「リルリルって文章も読めるんですね。しかも、これ、特殊な名詞も多い本なのに」

「余を侮（あなど）るでない。暇はたくさんあったからのう。人間の言語も暇な時に習得済みじゃ」

「暇であることを強調されると侮られますよ。まっ、毒性の弱い除草剤を作るぐらいは簡単ですし、いっちょやってみますか」

　私は薬品をいくつかピックアップしていく。

　職業柄、毒薬も扱うけれど、錬金術師はちゃんと使用許可を得ている。

「おっ、このビン、ドクロマークがついておるな」

「薬は使用量次第でたいてい毒になりますからね。毒を一切使えないなら、薬も作れません」

　もちろん、あまりにも毒が強すぎて、いくらなんでもダメというものもあるが。

　私は薬品を錬成用の大きめの釜に入れていく。

　それをぐつぐつ煮る。火は【火炎石】で熾した。

「リルリル、ちょっと外に出ているほうがいいかもしれませんね」

「いいや、弟子じゃから横で見ておる。師匠の技は目で見て盗むと言うじゃろ」

「それは職人の世界ですけどね。薬を作る時に見よう見まねで練習するのは危なっかしいです。まっ、リルリルに任せます」

　釜が少しだけ赤く発光する。

　錬成には魔力が絡む。この発光は薬にも魔力が付与されている証拠だ。

「なあ、フレイア。薬草や薬品を魔力を使わず使用することも可能じゃろう。そうなると、魔力がなくても錬金術師になれるのか？」

「よい質問ですね。理論上は可能ですが、法的には無理です。魔力を使えないなら、魔導具が一切作れないので試験に落ちます。すると錬金術師の免許を交付されません」

「ふむふむ」

リルリルは律儀に紙にメモをとっている。

「ちなみにポーションすら魔力が入ってるおかげで、十分な回復力を持ってます。魔力が何も使えないなら、民間療法レベルのことしかできませんね」

錬金術師は冒険者の列に加わることがまずないのであまりイメージされないが、魔導士や僧侶といった魔力を使う職業の仲間ではあるのだ。

「おっ、そろそろ錬成がはじまってきましたね」

釜の中の物質が黄色に変化する。

「うわぁっ！　臭いっ！」

リルリルが跳び上がって、後ろに下がった。

人間の姿だけど、動きは犬が後ろに下がる時みたいだった。

「臭いですよ。だから外に出ていたほうがいいと言ったのに」

「そういうことか！　余は人間よりはるかに鼻がいいからこういうのはきつい！」

「それはありそうですね。ですが、薬品を使うとにおいは出るものなんです。これには耐えていただくしかないですね」

「くぅ……。人間のそなたもそこそこ臭いはずじゃぞ……。錬金術師は鼻が麻痺(まひ)しておるのではないか？」

「それは錬金術師に言ってはいけないセリフランキングの上位に入りますよ……。傷つく人は傷つくのでダメです……」

そう、錬金術師は異臭をさんざん経験するので、においに鈍感になるのだ……。

コンプレックスを抱く人もいる。「臭いの、平気そうだね」と言われて喜ぶ人はあまりいない。

私もあまり言われたくない。しかし、「あなた、臭いですね」と言われることを思えば、はるかにマシだろう。

ちなみに、錬成するもの次第では、錬金術師に変なにおいがつく危険もあるので要注意だ。

「我慢しなくてもいいですよ。私一人でできる作業しかないですし」

「い、いや……そばで見て学ぶぞ……。劣悪な環境でも慣れていくのじゃ！」

「なんか、錬金術師が劣悪な環境で働く職業と言われてるみたいで嫌だな……」

どちらかというと、肉体労働が少ない職業なんだぞ。

でも、山の中に分け入って薬草を探したりするか……。

そんなわけで、リルリルの辛抱のかいもあり、毒性の弱い除草剤もできた。

私たちは庭に出て、水で稀釈した除草剤を雑草などにかけていったのだが――

「う～む……低木を取り除くには力不足か……。せいぜい背の低い草を弱らせる程度です」

「たしかに荒れ地の解決には程遠そうじゃのう」

毒性のある除草剤を使うという方法は難しい。

「ちょっと、荒れ地まで散歩しますか」

現地を見ることでわかることもあるかもしれない。

わからなかった場合は……その時はその時ということで……。

私たちはクレールおばさん立ち合いのもと、使用中の畑と荒れ地を改めて見学した。

今日のリルリルは女の子の姿だが、どうも仕事は人の姿で行うという意識があるようだ。人の姿がフォーマルで、リラックスしたい時は獣の姿ということか？

「現役の畑と比べると、土がけっこう違いますね。荒れ地のほうが石が多いんですかね？」

「石は転がってきたのが乗ってるだけだと思うよ。本来の土は耕作をやめた畑も一緒のはずさ。使っている畑に新しい質の土を入れてもないしね」

畑の持ち主が言うのだからそうなのだろう。

「違うとしたら乾燥の差じゃないかねえ。耕作してない土地に水はやらないしね」

私はしゃがみ込んで荒れ地の土を手で触った。

「相当乾いてますね。雑草も低木も乾いていても生えてくるようなものばかりです」

植物の中には恵まれない環境のほうが適しているものもある。砂漠や海辺にだけ咲く花もあるぐらいだ。好立地というのは種によって違う。

「土の底には水はあるからのう。いっそ完全に水を絶ってやればどうにかなりそうじゃが」

リルリルも手で土をすくっている。

「理論上はそうなりますね。乾燥してるところに適した植物も、水が一滴もなければ枯れちゃいますから。……ん？」

理論上の状態は自然環境では存在しない。

だが、私の手で作ることならできるかもしれない。

「上手（うま）い具合にいくかどうかは実践してみないとわかりませんが、やり方としては間違ってはないです……。仮に失敗だとしても有害性もないですし……。材料もそれなりにあるはずですし……」

「何をぶつぶつ言うておる。案が浮かんだのなら余にも教えよ」

リルリルが顔を近づけてきた。

「リルリル、ちょっと重労働になるかもしれませんが、お願いしてよいですか？」

「この島を持ち上げよとか無茶（むちゃ）な願いでなければ何だってやってやろう」

そんな神話みたいなことは求めてない。

「石を細かく砕いてくれればそれでいいです。比較的もろい石です」

「どこかの屋敷でも解体するのか？」

「違います！　違います！　もっと小さいスケールです！」

幻獣の価値観だとたいていのことは重労働にならないのだなと学んだ。

私は工房に戻ると、リルリルに金づちを手渡した。

一家に一つあってもそこまでおかしくないサイズのものだ。

非力な私でも使える。たまに指を叩（たた）くので、自分ではあまり使いたくないけど。

「なんじゃ、小さい金づちじゃな。拍子（ひょうし）抜けじゃ」

「それを使って、この石をできるだけ細かく砕いてほしいんです」

私は青みがかったこぶし大の石をリルリルの前に置いた。

「任せておけ。砂粒と変わりないぐらいにしてやろう」

「まさにそれぐらい細かくしてもらえると助かります。大きな石のままでは撒布（さんぷ）できませんからね」

リルリルは金づちでガツガツ石を砕いていく。

私にとっては無味乾燥な作業なので、極力やりたくないのだが――

リルリルはものすごく楽しそうな顔をしていた。

「はっはっはー！　細かくなるがよい！」

なんだか親の手伝いを頼まれた子供みたいだな……。

さて、リルリルだけに作業をさせるわけにもいかないので、私も下準備を。

石の効果を強化する魔法陣を釜の下に描いておく。

私がサボったせいで失敗というのは困る。

これでも優等生だったのだからいいところは見せないと。

それと一作業終えたリルリル用に何か冷たいドリンクを用意しておこう。

料理は苦手（にがて）だけど、レモン水ぐらいなら私でもできる。

水にレモンをたくさんしぼって――

「よしっ！　できたぞっ！　こんなもんでよいじゃろ！」

「早っ！　想像よりずっと早っ！」

リルリルの前には、もはや石とは呼べない砂ができていた。

「ありがとうございます。ここからは私の仕事です。リルリルは休んでいてください」

「ところでこの石は何じゃ？　いいかげん教えよ」

当日に効果を見てもらいたいなと思ったのだが、これ以上黙っていてはリルリルが機嫌を損ねてしまうか。

「この石は『渇きの石』というアイテムです。自然由来の石ですが、名前を言えばだいたい想像はつきますよね」

リルリルが口角を上げて、にやっと笑った。

「せっかくじゃし、これを試す時はギャラリーも集めてはどうじゃ？　工房がオープンする宣伝にもなるじゃろ」

「悪くはないですね。失敗したらダイナシですけど、その時はその時ということで」

なお、レモン水はリルリルには少しすっぱすぎた。

◇

翌日、私と少女の姿のリルリルはまた荒れ地の前に来ていた。

周囲にはクレールおばさんだけでなく、カノン村の人たちが集まっている。

「皆さん、おはようございます。近日開店する工房の錬金術師のフレイアと――」

「その弟子をやっておるこの島の守り神リルリルじゃ！　今日はこの荒れ地を見事に農地に戻してやろう！　とくと見るがよい！」

「あっ、まだ確定じゃないから大風呂敷(おおぶろしき)はやめてください」

これで失敗したら大惨事だからな。大丈夫と思ってるけども。

私は手袋をして、バケツをぎゅっと持っている。直接砂に触ると手が荒れる。

「これは【除草砂】というものです。砂ですが、錬金術師が作った魔法薬の一種だとお考えください。それでは、はじめます」

私は手袋で砂をとって、ぱらぱらと背の高い雑草のあたりにばらまいていく。

感覚としてはほぼ同時だった。

雑草がくしゃくしゃくしゃになって――

茶色くしおれてしまった。

そこだけ真冬になったみたいに。

青翡翠島は南国だから真冬でも相当暖かいと思うけれど、あくまでたとえだ。

「おおっ！　草があっさり枯れた！」

「リルリル、抜く役目はお任せします」

すぐにリルリルは雑草を引っこ抜く。

その手にまったく力が入ってないのは見ている人にも伝わっただろう。

「おお！　こんなに即効性があるとは！」「こりゃ、すげえ！」

そりゃ、すぐさま効果があったから驚くはずだ。

これを見せたかった。工房の宣伝としては最高のものになっただろう。

「渇きの石という水分を吸収する石を砕いて、魔力で効果を増幅させた砂です。水分を奪う以外の効果はないので、毒性のある除草剤みたいに、ほかの畑の植物や人体にも影響が出ることはありません。たくさん粉を飲むと体の水分が奪われてまずいことになりますけど……そんなことはしないでくださいね」

と、私が話している間にリルリルがバケツをひったくった。

「それ、どんどん撒いていくぞ！」

あ～あ、素手で触ると手がカサカサになるぞ。

そんなこと気にせずリルリルはどんどん砂を撒いていく。

森になりかけていた耕作放棄地は三分ほどの間に畑地に戻っていた。

リルリルだけでなく、村の人も枯れた植物を抜いていった。

手で触ると砕けていくほど乾燥した草もあったぐらいだ。

「よし、これで肥料でも入れれば畑地として使えるじゃろう♪」

リルリルは左手だけを伸ばして、それを右手で押さえた。体を伸ばしてるんだろうけど準備運動みたいでもあった。機嫌がいいのか、尻尾も動いていた。

マクード村長が前のほうに出てきた。まだ村長も信じられないという顔だ。

「フレイアさん、見事に除草はできたんですが、ここに野菜を植えても水分を吸い取られて枯れちゃいませんかね……？」

「よい質問ですね」

ポーズでもとったほうがいいかなと思って、私は右の人差し指をぴんと伸ばした。

「渇きの石はたしかに水をよく吸収しますが、永遠に吸収するわけではありません。一定時間がたつと、少しずつ水を放出するんです。今回は砂にまで砕いたので、放出するのも早いかな～と」

「ということは……」

「畑として使ってもらって問題ないということです。まあ、最初のうちは水は多めに撒いてくださいね。それと、永久に使えるわけではありません。だんだん水を吸えなくなります」

「石にも寿命があるのか？　石は生きておらんじゃろ」とリルリルが言う。

「細かい原理はわかりませんが、おそらく根詰まりに近い現象かなと」

「根詰まり？」

「微量なホコリなども水を吸い込む時に取り込んでしまうと、それが目に見えないような石の穴をふさぐことはあるかなと。まあ、私は研究者じゃないので正しいかは知りません。今回は細かく砕いてるので、大きな石の時より寿命も短いと思います」

「ずっと土壌が変わるよりはそのほうが気楽に使えて助かるよ」とクレールおばさんが言った。

「そうです、私もそう考えて砂にまで砕いたんです」

「砕いたのは余じゃがな」

「それは……そのとおりです……」

リルリルが成果を横取りするなという顔をしたので、私は視線をそらした。

「どうじゃ！　うまいタマネギを作ったらお供(そな)えに持ってくるのじゃぞ！」

リルリルのほうが私よりいい気になっているが、いい気になるのに免許もいらないので好きなだけ楽しんでくれ。守り神だから威張り慣れているな。

クレールおばさんは、いきなり神妙な顔つきになって、頭を下げた。

「おいおい、どうしたんじゃ」

リルリルまであわてた声を出したので、これは相当なことだ。

「おかげで、畑を見捨てずにすみます。本当にありがとうございました」

「なんじゃ、あらたまって言うようなことでもないじゃろ。びっくりして損したわ」

「こういうのはなあなあじゃよくないと思ったんでね。フレイヤちゃん、蓄えはあんまりないけど、この除草剤の費用もあとで必ず払うからね」

あ～、なあなあはよくないというのはお金のことも含むのか。

私も島に来る前はお金をどう稼ぐかもっとシビアに考えていたんだけど、そのあたりの考えも変わってきた。簡単に言うと、いいかげんになった。いい意味で。

だって、お金も出ていかないからな。島の中で儲けても印象悪いし。

「事前に金額の話をしてませんし、この耕作放棄地再生の依頼はリルリルからされたものです。しかも、私はまだ工房をオープンさせていません。そのうえダメ押しで、私はクレールおばさんに宿も食事も提供していただいていました。なので――」

「タダでよいぞ。感謝の印じゃ」

「つまりはそうですけど、リルリルが言うのはおかしくないですか⁉」

決めゼリフを横取りしないでもらいたい。

「工房は近日オープンしますので、もうしばらくお待ちください。急病の人がいたら開店前でも来てくださいね。何かは用意しますので」

結果として、お店のいい宣伝にはなったんじゃないかな。

善行はしてみるものだ。

私って別に性格のいいタイプでもないと思っていたが――

意外と人助けって楽しいな。

こんなことなら在学中にもっと人助けしておけばよかった。いや、私に助けてほしいという人がいなかったのだけど……。

「あのさ、うちの土地にも耕作放棄地があってさ、この除草剤を売ってくれねえか！」「こっちもほしい！　頼むよ！　ちゃんと金も払う！」

村の人がどんどん出てきた。

どうやらニーズには合っていたようで、よかった、よかった。

「わかりました！　ただ、石を砕く作業がいるんで、ちょっとお日にちいただきます！」

「おっ、余がもっと砕いていいんじゃな♪　あれ、ストレス解消になるのじゃ」

試行錯誤で作った除草剤が形になって、内心で私はほっとしていた。


カノン村からの帰り、私は獣のリルリルに乗っていた。

乗せてくれと頼んだら少し渋られたけどＯＫが出た。

「人を乗せるのは好きではないんじゃがな。島の者にも骨を折って歩けんとか特別な時以外はやっておらん」

「じゃあ、私はなんでいいんです？」

「余の望みをかなえてくれたからのう。だったら、そなたの望みもかなえねば釣り合いがとれぬ」

「そんなことまで気にしなくてもいいですけどね。こんなのはお互い様ですよ」

リルリルの背中はなかなか揺れるが、船のタチの悪い揺れと比べればかわいいものだ。

「本当にすごい除草剤じゃったな。これで、工房もきれいになりそうじゃ」

「へっ？　工房はすでに不気味なぐらいピカピカじゃないですか。ほかにどこをきれいにするんです？」

営業だってもうすぐできるはずだぞ。

「庭じゃ、庭。今のままでは雑木林と見分けがつかんし、見苦しいじゃろ」

「あっ、ほんとだ……」

ついに庭も復活への大きな一歩を踏み出すのか。

「もっとも、草だけ枯らしても、水も引かないとダメじゃし、庭が元通りになるには時間がかかりそうじゃな」

そろそろ工房の営業はできそうだが、マイホームとして完成させるまでの道のりは遠いものになりそうだ。

「庭も手入れした家に住んでいる人に敬意を払いたいと思います」

第五章 水吐きヘビ

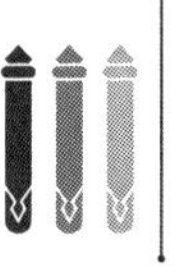

Chill and Airy Memoirs of the Alchemist's Remote Island Frontier

その日もいい天気というには暑すぎる一日だった。

クレールおばさんの家で朝食をとった私とリルリルは「それでは、行ってきます」と工房に出勤する。

工房に着くと、まず商品の最終確認。これはそんなに大変じゃない。私たち錬金術師が扱うものには、一日で腐ってしまうものなんてあまりないからだ。

大変なのはむしろ店構えの最終確認だった。

薬の絵が描いてある看板を屋根に取り付ける。

これもリルリルがいなかったら重労働だっただろう。人の姿で身軽にひょいひょい屋根にのぼってくれた。

「あっ、少しだけ右が下になってます。もう少し上に」

「これでよいか？」

「今度は上がりすぎました。左をもっと上に。あ〜、また行きすぎました」

「こまかい！　ゆがんでてもよいじゃろ！　こんなんで客足に影響せんわ！」

「いいわけないでしょう。店構えが雑だと、作ってる薬も雑ではないかと疑われてしまいます。いいかげんな薬は命に影響するんですから」

リルリルは「ほかに工房などないんじゃから選択肢もないじゃろ」とぶつくさ言いながらも私に従ってくれた。慎重に看板が平行になるように気をつける。

看板の調整ができたら、あとは店名を書いた板が貼ってある杭を地面に刺すだけだ。

『錬金術工房　大きなオオカミ』

オオカミの文字の隅には、犬にしか見えないオオカミのデフォルメ画がついている。

「そなたの特徴が店名に何も入ってないが、こんな名前でよいのか？」

杭の下の土を固めながらリルリルが言う。

「かまいませんよ。名前自体、本当はいらないとすら思ってるぐらいです。国への届け出の時に店名を記入しないといけないので、そういうわけにはいかないんですが」

「では、余は看板娘をやらせてもらうとするかの」

「私も娘だぞ……。まあ、私の愛想はよくないので看板娘をやりたいならどうぞ。ついに本日午後から工房オープンです！」

私はぱっと誰もいない道のほうに両手を広げた。

花が咲きましたみたいなポーズ。

長きにわたる戦いのすえ、ついに工房の再生を完了したのだ！

「これで私は正真正銘の錬金術師ですよ！　王立錬金術学院の模範的生徒のつもりで、素晴らしいお店を目指します」

少なくとも三年間でここでやっていかなければ。

「ところで、営業時間はいつまでじゃ？　まだ聞いておらんかった」

「午後から日が沈んでくるまでです。今日に限らず、永久に午後だけです」

「……なんで午前からやらんのじゃ？」

「午前から営業となると、早朝から仕込みが必要ですからね。起きられる自信がありません」

「それは実に模範的じゃな」

「なんか文句ありますか？　別にいいじゃないですか。畑仕事する人にとったら、午前より午後のほうが工房に足も運びやすそうですし。リルリルに魔法の勉強を教える時間だって必要です」

「それを言われると、こっちも弱い」

現状、リルリルは一人で黙々と本を読んでいるだけだが、それにも時間がいる。

これは私がサボっているのではない。最低限の知識がないと、指導しようがないのだ。

十分な知識と興味は、教えを乞う前の大前提で、それがない人にはどんな指導者も教えようがない。

それに、基礎ができている生徒のほうが短期間で成長するし、成長が速い分、本人もやる気になる。遠回りなようだけど、長い目で見るとこのほうが近道なのだ。

「また草が生えてきおったが、この程度なら許容範囲かのう。おっ、早速来おった」

リルリルが顔を上げる。フランイング気味のお客さんがやってきていた。

いや、花束を持っているからお客さんではないのか。マクード村長だった。

「開店おめでとうございます！　末永くよろしくお願いいたしますよ！」

「ありがとうございます。まあ、皆さんがご健康で工房を頼る必要がないのが一番なんですが」

「はっはっは。それもそうですな！」

その花束は花瓶に入れて、よく目立つ棚の上に置いた。


午後になると、どんどん村の人や、港の人までが来てくれて、「錬金術工房　大きなオオカミ」は大変にぎわった。

リルリルも助手というか店員としてしっかり働いてくれた。

こんなに大盛況なら、何も問題ないな。

ちょっと忙しすぎるぐらいの素晴らしい門出だ。

はっはっは！　順風満帆！

「誰も来ないのう。退屈じゃな」
私の隣で本を読んでいるリルリルが言った。

「わかってることをわざわざ言わないように」

　私はカウンター後ろの作業机に突っ伏している。カウンターは立って接客するのが前提なので、椅子の高さが合わないのだ。カウンターで突っ伏すための背の高い椅子を買ってもいいが、入店直後のお客さんにだらけてる姿を見せるのはセルフ営業妨害だ。あくまでも作業もだらけるのも後ろの作業机で完結させるほうがよい。

　ちょうど昼寝をしたくなる頃合いだけど、業務時間なので耐えている。

「本当に開店直後しかにぎわいませんでしたね。開店ボーナスが一時間で終わるとは……」

「最初のうちは常備薬の薬草類などが大量に売れたんじゃがな」

「逆に言えばこれからしばらくは売れないんでしょうね」

「皆が健康なのはなによりじゃが、これ、経営していけるのか？」

「経営だけなら可能です。家賃はタダですし、島の植物は自由に採取できますし。さらにやむをえない事情であれば、国から補助金も出ます。薬を販売する工房は生活に必要な施設ですから」

「儲かるかというと？」

「疑問です」

　私もため息を吐いたが、おおかた予想していたので、裏切られた感じはない。

「王都の一等地に建ってるような店は別として、工房はどこもこんな調子ですよ。この島だと前にリルリルが言ったように冒険者が回復薬を求めることもないですし」

　冒険者のポーション需要は本当に大きい。

聖職者の中にはその宗派の総本山の許可を得て、ヒーラー役として冒険者のパーティーに加わる者もいる。

だが、それだけでは需要のすべては満たせない。聖職者がいるパーティーも冒険中にはぐれることだってある。落とし穴トラップにパーティーの一部だけが引っかかることもある。回復アイテムのポーションは必須なのだ。当然錬金術師は儲かる。

単純作業の繰り返しは我慢(がまん)できるし、楽だとも思っていたが、それは娯楽の多い都市部だからであって、田舎(いなか)だと時間を持て余す。これで三年我慢できるかな……。

「ずっと、そなたが渡してきた本を読んでいるが、これでよいんじゃな?」

「もちろんです。魔法に関する職業はどんなものでも、知識の量で決まってきますので。どんな参考書でもいきなり魔法の練習や実践をやらせたりしませんよ」

「それはわかるんじゃが、力を過信しないようにみたいな説教めいた文章が多くて、ちょっと鼻につく」

「力を過信して取り返しがつかなくなった錬金術師がたくさんいるんです。いわゆる闇堕(やみお)ちというやつです」

「なるほどのう。だが、やっぱり退屈ではあるな」

弟子なんだからもうちょっと遠慮しろ。しかし、弟子という体裁の同居人なのでしょうがないか。

「そしたら、少しだけ早いですが、今日は閉店にしますか」

私は椅子から腰を上げた。

「初日から営業時間が不規則とは、とんだ模範的経営者じゃな」

「この時間なら村で出歩いてる人も多いですし、顧客のニーズを確認しにいきます。それに、急ぎの客は村の前を通るからちゃんと気づけます」

私は工房のドアにかかってるプレートを裏返した。

「開店中」の文字が「閉店中。ごめんなさい」に変わる。

プレートには泣いてる犬の絵が描いてある。


まだ日は高いが、それでも西日を見ていると、閉店してもよいだろうという気になる。

「余は真っ昼間の太陽より、西日のほうが苦手じゃな。なんていうか、独特の魔力めいたものを感じるのじゃ」

「西日が鬱陶しいというのはわかります」

ほどなく村に着いて、早速クレールおばさんに会った。

開店おめでとうと改めて言われたが、そのすぐあとに、

「まだ、当分うちで寝泊まりするんだろ？　少なくともごはんは用意したほうがいいよね？」

と言われた。

「クレールよ。工房も稼働をはじめたし、これからはあそこで暮らし――」

「ありがとうございます！　お言葉に甘えさせていただきます！　私のことは娘だと思ってくださ

い！」

私は小娘姿のリルリルの言葉をさえぎって言った。

「え？　工房が住めるようになってもクレールのところから通うつもりか⁉」

リルリルが驚いた声を上げた。

「はい。なにせ、私は料理を作れませんし」

料理ぐらい勉強しろという話だが、単純に工房が村から離れているので、買い物一つとってもかなり大変なのである。

だったら、もうしばらくお世話になってもよいだろう。

「ちなみに、規約上は工房で営業をすることが錬金術師の義務なだけで、工房で寝泊まりする必要まではありません。毎日、クレールおばさんの家からの出勤も可能です」

「はっはっは！　そうするといいよ。あの工房は村はずれすぎるしねえ」

リルリルが図々(ずうずう)しいにもほどがあるという顔で見ていたが、知らん。

「ところで、クレールおばさんは買い物の帰りか何かでしょうか？」

「いんや、水汲(く)みだよ。ほら、あそこ」

おばさんが指差した先では、井戸前で人が集まっていた。

「井戸がありますね。ということはまさしく井戸端会議中ですか」

「無駄(むだ)話のために集まってるってわけでもないんだよ。順番待ちさ」

遠目で見ていても、意味がわかった。

井戸がやけに深いのか、水を汲むのに時間がかかるらしい。

おばさん（なお、クレールおばさんではない）が太いヒモをぐいぐい下に引き下ろすように引っ張っている。

なんで井戸なのに下に引き下ろすんだ、引っ張り上げるんじゃないのかと思われそうだが、井戸の上に滑車がついていて、これで水の入った桶を上げられるらしい。

やがて、水の入った桶が一つ上がってきた。これをおばさんは持参していた、きれいなバケツに移し替える。

「効率悪いですね……」

これは人が滞留するわけだ。さらに家まで運ぶわけだし、疲れそう……。

「この村は水の出が悪いんだよ。昔は上水道があったんだけどねえ。私がまだ若い頃には、もう水が来なくなってしまったはずだよ」

「クレールおばさんはまだお若いですよ」

「あっはっは！　おばさんって呼んでおいて、若いですよはおかしいだろ」

「それもそうでした！」

これはカノン村ジョーク。

私がそんな話をしているさなか、リルリルはおばさんたちの中に行って、水の入った桶を引っ張り上げる手伝いをしていた。

幻獣からしたら、あんなの、そのへんの小石をつまみあげるような軽作業だろうが、村の人にとったら助かるだろう。正しく守り神の仕事をしているな。

そして一通りの作業を終えたところで、私のほうに戻ってきた。

「フレイア、あれをなんとかできんか？」

「あれ」というのは水汲みのことで間違いない。

ちょっとしたことでも、毎日のこととなると、その作業量は相当なものだ。

「引っ張る手間を減らすことなら。劇的に便利になるというわけではないですが、それでよければ」

「なんか、浮かぬ顔じゃのう。難しい注文なのか？」

リルリルは私の顔を覗き込むように見た。

人の姿の時は背が低いから、覗きやすいのだ。

「方法自体はすぐに思いついたんですが、もっと別のところで解せないなと思うことがありまして。まっ、私は島の素人なので、地理がわからないだけなんでしょう」

「ちょっと引っかかるが、別によいわ。余が手伝えることがあれば、言ってくれ」

「この島、漁業もやってはいますよね。目の細かい使わなくなった漁網、もらってきてくれませんか？」

「漁師が困るほどもらってきてやろう」

漁師が困るほどはもらってこないでほしい。

◇

翌朝、起きたら部屋の隅に白いもじゃもじゃしたものが置いてあった。

「漁網、もらってきたぞ。漁師は朝が早いから先に出かけた」

隣のベッドでリルリルが腹ばいになって、足をばたばたやっていた。この様子だと、先にクレールおばさんから朝食ももらってるな。

「ありがとうございます。これだけあればどうとでもなります。では、工房に出勤して、作業に取り掛かりましょう」

私は工房に着くと、素材を置いてるスペースから大量の石を持ってきた。

「この石を使います」

リルリルが奇妙な顔をしたのは、目にしたものが知っているものだったからだろう。

「これって、渇きの石ではないか。石に水を吸わせてどうするんじゃ？」

「石に吸わせた水をいただくんですよ。原理としては本当に単純なものですが、適量の水をいただけるようにするまで試行錯誤は必要ですね」

「でも、石が吸った水をどうやって手に入れる？」

私はこぶし大の渇きの石を一個手に持った。

「これを海に入れたらどうなります？」

「さすがに干上がったりはせんな。吸水できるといっても限度があるはずじゃ」

「そういうことです」

私は深くうなずいた。

「渇きの石は一時的にそのあたりの水を吸い取るだけで、その量も限度があるわけです。なので、石を井戸の底の、水源まで降ろせるようにしてやれば――」

「吸いきれなくなった水を石が吐き出すな。しかし、井戸の底で水を吐き出しても使えんじゃろ」

「その渇きの石のすぐそばに別の渇きの石があれば、別の石のほうは渇きの石の中の水分まで吸い上げるんです」

「なんか、図々しい石じゃな」

「そういう性質だからしょうがないです。さて、そんな石を縦にずらっと並べたら？」

「上まで水は上がってきそうじゃな！」

リルリルの顔が明るくなった。

よしよし。理解に関しては大丈夫なようだ。

「たしかに、それなら水桶を引っ張り上げる作業を減らせそうではあるな」

「というわけで、私たちは渇きの石を網で覆って、井戸の底まで届く、細長～～～～～～いヘビ状のものを作ります。上手くいけば、渇きの石がどんどん水を吸い上げて、井戸の上のところまで水が達して、そこから水が吐き出される……といいな」

「あんまり自信なさそうじゃな」

「井戸の水量や深さでかなり変わりそうですからね。大成功という結果になるかはなんとも言えません」

たとえば、水を吐き出しすぎて、井戸のあたりが水びたしだとか……。

そもそも、井戸の途中で水を吐き出すので、水を引き上げるのに使えないとか……。

水が出ることは出るけど、思った以上に少量だぞとか……。

「ほどよい水を供給できるヘビを作れるまで、繰り返すしかありません。まずは工房裏手の井戸で上手くいくかチャレンジです」

仕組みが単純だからといって、作業量が少ないとは限らない。

スコップで山を掘り崩して平坦にしたりできないようなものだ。だいたい石をきれいにくるむ網を用意するのも面倒だ。自慢じゃないが私の裁縫技術はしょぼい。

もっとも、網のほうに関してはリルリルが素晴らしい仕事を発揮してくれた。

「こんな感じでよいか?」

すぐに石を詰めた、とてつもなく細長いヘビができた。

こういう構造物を呼ぶ一般名詞がないので、ヘビと呼ぶことにする。

「手先が器用ですね……。獣で過ごす時間も長いのに……」

比べるまでもなく私より上手い。

「言っておくが、そなたより私のほうがはるかに長く生きておるからな。それを考えれば、たいていのことは納得ができるじゃろ」

リルリルとしては幻獣の自分に対抗意識を向けるなということらしい。

「これでも師匠ですので。が、それは今は置いておきますか。早速、庭の井戸で試してみましょう」

私たちは庭に出て、井戸にヘビを降ろした。このへんは村より水の手が近そうだし、井戸も浅そうだ。実験にはちょうどいい。

井戸に一定量の水が常に供給されているとすれば、いずれ水がヘビを伝って上がってくるはずだ。

その結果は――

ぶしゃあああああっ！

固唾（かたず）を飲んで見守っていた私たちの顔に、大量の水がかかった。

水しぶきという次元じゃない。バケツで水をぶっかけられたような水量だ。

「ふあぁっ！　冷たいっ！　驚いて器官にまで入りましたっ！」

「おいっ！　水が止まらんぞ！　これ、どうすりゃよいんじゃ⁉」

そうだ……このヘビは放（ほう）っておいたら、半永久的に水を放出し続ける！

「ひっ……引っ張り上げてください！　水を吸えなくなれば、止まりますからっ！」

私は水流に押されて、ちょっと後ろに下がっていたぐらいだった。

その点、リルリルは幻獣の時の体重に準拠するのか、華奢（きゃしゃ）な姿なのに流されたりしない。ヘビをしっかりと引き上げた。

おかげで放水は停止した。

「助かりました……。これ、私一人だと本当に危なかったです。ヘビもかなりの重量だったので」

井戸の水面より上に持ち上げられなかった場合、最悪、工房に床下浸水が発生する可能性すらあった。

「これでは使い物にならんな。要改良じゃ」

「改良方法自体は簡単です。渇きの石の分量を削って、細いヘビにするんです」

渇きの石が小さくなる分、耐久年数も短くなるが、そこはたまに新品に取り換えるということで。

二度目は本物のヘビぐらいの太さにした。

それでも、水汲み用にしては出すぎなので、さらに細くした。

「これでいけそうではないか？」

「ええ、この庭の井戸では。これを元にして、村の井戸でも試してみないといけません」

リルリルの尻尾（しっぽ）がぺたんと垂れた。

「面倒臭（くさ）いのう……。とてつもなく面倒臭いのう」

「そうなんです。魔導具（アーティファクト）作りは面倒なんですよ……。まして今回は、井戸ごとのオーダーメイドになりますからね」

そんなことをしている間に工房開店の時間がだんだん近づいてきたので、私たちは果物をかじって昼食の代わりにした。

どうせお客さん、ほとんど来ないだろうなと思っていたが本当にろくに来なかった。

常備薬を求めるお客さんは昨日来ちゃってるしな。

で、私が店番をしている間、リルリルは村の井戸用の細いヘビの試作を続けていた。

網目が細かくなってくると、靴下でも編んでいるように見えた。

「なんか、こういう職人みたいですね」

「錬金術師ってもっと華麗なイメージがあったが、泥臭いんじゃな」

「たいていの職業ってそんなもんですよ」

だが、リルリルのおかげで店番の間に作業が進むのだから、ありがたいことだ。

そして、閉店時間の頃には、にょろにょろしたものが工房の床に何本も並んでいた。

「これ、何も知らない人が見たら訳わからなすぎるでしょうね」

「余も途中から何を作ってるか、よくわからなくなってきた」

その日の夜、私たちはクレールおばさんの家で食事をしたあと、村の井戸で実験を行った。

おおかた成功したので（だって成功するまで試したからな）、私たちは村長の自宅に出向いた。

井戸をいじる許可と、立ち合いをお願いするためだ。

翌日の夕方、人が滞留しがちな井戸はいつも以上に混雑していたと思う。

私とリルリルが井戸に変なものを垂らしているからだ。

「皆さん、これは【水吐きヘビ】というものです。ドラゴンと呼びたくもあるんですが、細いし、ヘビが妥当ですよね」

【水吐きヘビ】の先端部分は、染料で目と口を書いてある。

キャラ化して少しでもかわいくする意図だが、あんまり成功してないな……。

その【水吐きヘビ】は井戸の真横の木の台に乗せられている。

この台は二段あって、基本は上の段にヘビは置く形になる。

「水がほしい時はこのヘビを下の段に移動させてください。では、村長、やってみてください」

見慣れない道具だし、村長に実演してもらう。

村長が下の段にヘビを動かす。

しばらくすると、ヘビの口あたりから水がほどよい勢いで出てきた。

用意していたバケツに水が溜まっていく。

見学していたおばさんたちから同時に歓声が上がった。

「これなら、簡単だね！」「ずるずるヒモを引っ張らなくていいわけだ！」

「はい。水を注ぎ終わったら、ヘビを上の段に置いてください」

村長が上の段にヘビの首を掛ける。

水の出もちゃんと止まった。

「これまで滑車で水桶を引き上げる作業が、ヘビの上げ下げだけで済むようになりました。フレイアさんのおかげです」

村長は胸に手を当てて、軽く体を下げた。

淑女に対する敬礼だ。光栄ではあるが、少しむずむずする。

「そうじゃ。もっとフレイアを讃えるがよい！」

リルリルが調子のいいことを言って、ギャラリーのおばさんたちにまで拍手を求めたので、さらに気恥ずかしい。

弟子め、余計なことをしおって。

「あっははは……。皆さんのお役に立てたのならよかったです。また、工房をよろしくお願いしますね」

「常備薬は買ってしまったしね。そしたら、お礼に二週間、うちで朝食を食べに来ないかい？」「それなら、こっちは三週間だ」「わたしのところは昼食で」

なんか食費ばっかり浮くな！

この調子だと、半永久的にごはんをごちそうになれるなと思った。

その日の夕飯は、クレールおばさんではなくて、村長宅におよばれになった。
村長として、井戸の改良に正式にお礼を言わせてほしいとのことだった。
気にしなくていいですと言いたいところだけど、してもらったほうとしてはなああにしたくないだろう。その気持ちもわかるので、接待してもらった。

こういう時、リルリルが好き嫌いなく、大量に食べてくれるので助かる。おごられた側があんまり手をつけないのも失礼なので。


村長に丁重に見送られて、私たちは村の夜道を歩いた。

そして、すぐにリルリルが切り出してきた。

「のう、フレイア。今回の発明は心残りがあるのか？　浮かぬ顔とまでは言わぬが、楽しんでいるふりをしておるように見えるぞ」

「いやあ、洞察力がありますね。あるいは、私の反応がわかりやすいのか」

私はわざと井戸のほうを経由して帰ることにした。

井戸は村の中心にあるので、アクセスは容易だ。村長宅からも近い。

私は井戸のへりをぺちぺち叩いた。

「井戸は改良できました。が、まず、井戸でどうにかしなきゃいけないのがおかしいんですよ。リルリルはよく知ってるはずじゃないですか？」

リルリルの視線が上を向く。

月夜と少女の組み合わせはけっこう似合うなと思った。

「ああ、そういえば、以前はそんなにいらんというぐらいに清い水がどんどんやってきておったな」

「そういうことです。この村はかつて上水道が通っていたんです。クレールおばさんがはっきり言ってました。それがいつしか涸れてしまったので、井戸に頼っていると。井戸の深さは五十メートルはありました。もっと深い井戸もありますけど、浅いとは決して言えません」

そう、井戸そのものが、やむをえない選択で使われているものなのだ。

「水を汲む作業を軽減しても、まだまだ非効率です。上水道が残っていればバケツの水だってすぐに満ちたでしょうし、水路を分流させることだってできたでしょう」

「地下の水脈に変化ができてしまったのかのう」

一般論としてはそういうことになるだろう。

「本当にそうなのかもしれません。ですが、この島の山のほうで開発がはじまった事実なんてないですし、気候が激変して雨が一切降らなくなったわけでもないはずです。きわめつけに、工房の裏手はやけに湿ってるんです。植物を見ればすぐわかります」

「じゃあ、水はまだまだ豊富にあるはずだ、ということか？」

私はこくりとうなずく。

「そうです。上水道再生計画は実現可能です。それに比べたら、井戸を便利にしましたなんて、小技も小技です。なので、次に私たちがすべきことは――」

「「水源」」

リルリルと私の声が重なった。

「そういうことです。水源さえ見つかれば、上水道は必ず再生できます。カノン村は水が来てないだけ。来るようにすればはるかに便利になります！」

クレールおばさんにお世話になろうと、工房に住むようになろうと、村の生活向上は私の生活にも結びつく。

自分たちの生活が楽になればなるほど、工房をやってる娘の面倒も見てやろうかという気になるからだ。

これは私が楽をするためにも捨てておけない問題なのだ。

リルリルが私の右手をぎゅっと握る。

なんだ、手をつないで歩くのかと思ったけど、違った。

リルリルが思いきり、手を振り上げる。

私のバランスが崩れそうになるぐらい。

「やるぞ！　余もしっかり働く！　守護幻獣らしいところを見せてやるのじゃ！」

「そ、そうですね！　……意気込みはわかったから、あまり引っ張らないでください！」

私は引きずられるようにして、クレールおばさんのおうちへと帰っていった。

第六章

加熱粘土

Chill and Airy Memoirs of the Alchemist's Remote Island Frontier

翌日の午前中、念のため工房の前に、「臨時休業　途中から営業するかも」の張り紙をして、私たちは工房の庭のさらに奥地へと向かった。

ちなみに私は事前にクレールおばさんから汚れてもいい農作業着を借りている。

リルリルは純白のワンピース姿だ。

泥が飛び散りそうな場所に白のワンピース！

それだけ見ると正気の沙汰(さた)ではないが、獣姿になって水浴びでもすれば汚れもきれいに取れるらしい。

この世界がリルリルばかりだったら、洗濯という概念は消えるんじゃないか。

「うわぁ……想像以上にぬかるんでますね……」

庭の裏手はそのまま森へと続いているのだが、土と岩の上を水がすべるように流れていたり、ところどころ小さな沼のようになっていたりする。

「陰気じゃなあ。あの工房も錬金術師のものというより、禁忌(きんき)の黒魔法使いの棲(す)み処(か)みたいに見えてきたわい」

「嫌なこと言わないでください。気持ちはわからなくもないですけど——うわっ！」

私の体が宙に浮く。

コケでぬかるんだ岩を踏んだらしい。

やってしまった！　これは尻を打つやつだ。なぜか、ゆっくりと体が沈むように感じる。

だが、尻を打つ前に体が止まった。

リルリルが私を両腕で受け止めてくれていたのだ。

「危なっかしいのう。余がおらんかったら、頭を打ってたかもしれんぞ」

「お手数をおかけしました。そ、それにしても……元の姿を知ってるとはいえ……この姿勢は変な感じがしますね……」

今、私は格好だけで見ればリルリルにお姫様だっこされているのだ。

しかも、今の少女の見た目だとリルリルのほうがはるかに華奢で腕も細い。

そんなリルリルに抱えられているので、自分が十歳ぐらいの子供になったみたいな気がした。

お姫様だっこされているというむずがゆさも加わって、なんとも言えない感情だ。

ぼかしてるんじゃなくて、この感情をどう名づけていいかさっぱりわからないのだ。学院でも女性同士の恋愛を扱った小説を読んでいる生徒はいたはずだが、その手の小説も登場人物は両方学生か、学生と教師だったりして、今のシチュエーションのものはなかったと思う。

しいて言えば、自分より小さい相手に抱えられる背徳感と表現したらいいだろうか？　いや、背徳感は聞こえが悪いな。たんなる違和感か……。やはり恋愛小説的ではない。力持ちの少女なんて出てこないし。

「まだ、しばらくすべる岩場が続くし、このまま抱えていくほうが安全じゃな。そこでくつろいでおれ」

「いえ、以後気をつけますから。けど、せっかくですし、もう少し味わっても……いい、かな……」

たまには、こんなふうにお姫様だっこされるのもいいのではないか。もふもふ的なものとはまた違ったよさはある。

「頭を打ってもないのに支離滅裂（しりめつれつ）なことを言っておるな。動転しておるのなら、やっぱりそのままでおれ」

私は素直にリルリルに従った。

次から庭の裏手に踏み入る時は鉄兜（てつかぶと）みたいなものも用意しよう。

森の奥に進んでも湿気（しっけ）は減らなかった。

それどころか、水辺に多いシダやコケの数が増えてきた。

「リルリル、耳はよいほうですか？」

「ほかの幻獣（げんじゅう）と比べてどうかはわからん。出会うことも普通はないからな」

しまった。質問が人間本意すぎた。たしかに基準がわからなければ幻獣での話になる。

「いえ、人間と比べてです。私より耳はよいですか？」

「きっとよいじゃろうな。それがどうかしたか？」

「耳を澄ませておいてください。このあたりに水源がある可能性が高いです」

「ふむ」

リルリルは耳（人間の形態の耳）に手を当てた。

そして、いきなり走り出した。

「あっちじゃ！　あっちにある！」

「走られても困ります！　追いつけませんって！」

どたどたと暗い森の中を走っていくと、リルリルがドヤ顔で立ち止まっている。

「ほら、そこじゃ、そこ！」

「おお～。ちょろちょろどころではなく、ごぽごぽ出てますね」

かなりの水量の水が岩の間から湧き出ている。

近くに泉のようなものはないが、その代わりに周囲が湿地のように満遍なくびちゃびちゃになっている。

「おそらく、これが庭の湿気の原因ですね。かつては庭のあたりからも水が出ていたんでしょう」

リルリルは湧いている水を手ですくって、ノドをうるおす。

それだけでも絵画のように絵になるなと思った。

こんな森で純白の衣装の女性がいるだけでも、妖精か亡霊かの二択だからな。現実感に乏しい。

「うむ。美味じゃ。味も匂いもない。上水道として使える水じゃな！」

「ということは、この水を村まで運ぶことができたとすれば、それで水の問題は大幅に改善できますね」

リルリルはついでに湧き水で顔をぱしゃぱしゃ洗っていた。

清楚な見た目と豪快な行動がいまいち合ってないけど、余計なお世話だろう。

「しかし……」

顔を上げたリルリルの表情は少し曇っていた。

「ここから村までなかなかの距離ではないか。水を通すといっても、骨が折れるな」

「たしかに、一から作り上げるとなると、とんでもない土木量になるでしょうね」

もっとも、私はもっと楽をするつもりだが。

なお、リルリルに全部任せるという意味ではない。

私はシダをかき分けて、痕跡を探す。

「リルリル、すみませんが、ここから左手の側に何か人工物がないか、よく見てもらえませんか？」

「人工物？　村からも外れておるし、何もないじゃろ」

「上水道は何十年か前までは機能していたわけです。ならば、その一部が残っていてもおかしくはないでしょう」

「そういえば、なんか森の中に作っておった記憶はあるな！」

「……まあ、言った直後になんですが……高温多湿ですし、朽ちている危険も高いですがね」

「なかったらなかったの話じゃ。行くぞ」

リルリルがシダの中に突撃していく。

私が加わっても捜索の能率はほぼ一緒だろうけど、暗い森でじっとしているのも心細いので、ついていく。

そう時間を置かずにリルリルの歓声が上がった。

「あるぞ！　ある！　これではないか」

濡（ぬ）れた草に隠れたところに、ふたの部分がない箱型（凵の形）のものが見えた。木製だから傷（いた）みも激しいが、思ったよりは残っている。

「間違いなく上水道用の水路跡ですね。リルリル、やりましたよ」

「しかし、使うのは難しそうじゃな。穴が空いておる」

たしかに木樋（もくひ）の底が抜けているところがあった。大雨の時に流木でも直撃したか。

「水路の大部分が人家のないところを通るわけです。管理が大変で、修繕が後手後手に回った結果、追いつかなくなって、ついに井戸を使うことに切り替えた――ということのようですね」

「石で作ればもっと長く残ったじゃろうに。木製でやるからじゃ」

「経済的な理由でしょうね。さしたる産業もない小さな島に、それだけのお金を投資するメリットが領主になかったんでしょう」

そういや、この島も領主はいるはずなんだけど、見たことがないな。

「さてと、水路の状態を確認していきましょう」

水路は穴の空いた場所もあるが、湿気の割には保存状態がいい。

湧き水から離れるにつれて、地面の土も渇いてきていた。

ずっと水路を追うのはきりがないからやらないが、望みはある。

「木の種類ははっきりとはわかりませんが、ヒノキやアスナロの仲間でしょう。先人はよくわかっていたようです」

「その木だと何かメリットがあるのか？」

「この手の木は精油が木から染み出してくるんです。衛生面で効果的だと言われていますね。私は医者ではないのであいまいですけど。これなら、ちびちび修繕を繰り返せば、直せなくはないかもしれません。長丁場になるとは思いますが」

「なら、やってやろうではないか」

リルリルが任せろとばかりに胸を叩いた。

「穴をふさげばよい。つまり大工仕事であろう？　そういう組み立てなら余は得意じゃからな！フレイアが閑古鳥の鳴いている店に座っておる間に修理してやるわ！」

本当はもちろん私も修理を手伝う予定だったが、

「ほう、そんなに啖呵を切るなら、やってもらおうじゃないですか」

店が寂れてると言われてちょっとイラッとしたので、リルリル一人に勝手にやってもらうことにした。大にぎわいで忙しいのも嫌だけど、ガラガラだと言うのは悪口だから。

錬金術師は錬金術師らしく、過ごさせてもらおう。

結局、営業時間の前に戻ってこられたので臨時休業の張り紙ははがした。もっとも、そもそもお客さんがいなければ臨時休業かもと告知してたことすら無意味になるので、一人ぐらいは来てほしい。

店番をしていると、庭からゴリゴリ、ゴリゴリ音がする。

リルリルが村から借りてきたノコギリで木材を切っているのだ。

様子を覗いたりしたが、やたらとハイペースで修理用の部材を作っていた。

「あの樋じゃが、途中から地中に潜ったりしておるな。掘り返して少し確認したが、それなりに残っておる」

リルリルはノコギリの音に負けない大きな声でしゃべる。

「それはよかったです」

私のほうは大きな声ではないが、リルリルは耳がいいので届く。

「森を抜けるあたりまでの穴もおおかた防げる気がするわい」

「本当に生き生きとした顔をしていますね。少なくとも、魔法の勉強の時間より」

「余は島の守護幻獣じゃからな。島のために働いておるほうが性に合っておる」

「魔法が使いたいならそちらのお勉強もしてくださいね……などと小言を言うのもあほらしいので、もう言いません」

私も学院でろくに教師の話を聞いてなかったしな。

問題児扱いしてくる教師もいたが、独学で把握した範囲の授業中に、さらに先を自主的に勉強していただけだ。錬金術の関心がなかったわけじゃないから許してほしい。もしも独学で抜けがあれば試験で発覚しただろうし。

それをミスティール教授はわかってくれていたのだ。やはり大物は違う。

もっとも、弟子を持つ身になってみると、型にはまりたがらない生徒の扱いが厄介なのはわかるけど……。独立独歩の奴と学校教育って相性が悪い……。

リルリルは魔法が使えないからといって食っていけないわけでもないのだし、好きなように育ってほしい。

私ができることといえば――こんなところだ。

薬草園からハッカを摘んで、ハッカ茶を作る。

トレーに乗せて、庭に持っていく。

「リルリル、一休みしたらどうですか？　リラックスするお茶を作りました」

「おお、かたじけないのう」

リルリルは手を止めて、カップを包んで手を温めていた。

それから少しずつ、ハッカ茶を口に入れる。

「すうっとする味じゃな。興奮が冷めていくというか」

「そういうお茶ですからね。何事もメリハリは大切です。休む時は休む。働く時は働く」

「フレイアは店番中、そんなに働いてるという感じでもないがのう」

「一言多いですよ。疲労困憊気味の錬金術師から薬草を買いたいと思う客はいないからいいんです。まず、お前が回復しろと思いますから」

「水路のほうが終わったら、この庭ももうちょっときれいにしたいんじゃがな」

リルリルの目は雑木林に侵食されている庭園のほうを向いた。

生活に必須の場所でもないうえに人の目もないので、ほったらかしだったな。

「リルリルの気が向いたらお願いします。どう考えても力仕事がいるので、私一人では無理ですし」

今のところは、ボロい工房が営業できるまでになっただけでも立派なものと思いたい。

それに上水道の修理もリルリルの手際のよさなら、

「穴の空いた場所はおおむね把握しておる。これなら数日で水が村まで届くぞ！」

案外あっさり解決したりしそうだ。

数日というのは、極端だと思うが。


――三日後。


「どうにもならん！　師匠、助けてくれ！」

営業時間中、工房の椅子に座っていると、リルリルに泣きつかれた。

「都合いい時だけ師匠と呼ばれるのは癪ですね」

「師匠は師匠じゃから問題はなかろう」

「別にいいんですが、修理は順調だったんじゃないんですか？」

ハッカ茶を飲んでた時の調子のいい話はどこに行ったんだ。

「穴はふさがったはずなんじゃ。なのに、水が全然遠くのほうまで流れぬ。どこかで漏れておるらしい……」

「わかりました。営業時間が終わったら、見に行きますよ」

今度は向かう途中にひっくり返らないように気をつけなければ……。

リルリルと一緒に水路のほうまで行き、状況を細かく確認する。

「あ～、たとえば、ここですね。横から見てください」

ぽたぽたと地面に水がこぼれている。

「木と木の継ぎ目の部分から水が漏れているんです。おそらく、この手の箇所が無数にあって、水が届かないんですね」

ひたすら直線で水を通すことなどできるわけがないので、まっすぐな樋と樋の間には時折結節点の部分が必要になる。その部分は大きめの四角形に膨らんでいるのでよくわかる。継ぎ目が増えるから水は漏れやすい。

古い水路だから、そんな箇所があっても不思議はない。これでもよくもっているほうだと思う。

「いっそ、水路全部を作り直したほうが早いかのう？」

リルリルが心配そうに私の顔を覗き込んでくる。

「う～ん……」

私は腕組みして少し思案する。

それはあまりに大工事だし、かつての水路も残存状況が悪いわけではない。

なにかしらの魔導具（アーティファクト）があれば解決はできるのではないか。

それに……。

リルリルがこの数日、いろいろ動いていたものが無駄（むだ）になるのはよくないな。

努力が無駄になるというのは、弟子の教えとしていいものじゃない。

子供の時にそんなことばかり経験したら私も錬金術の勉強に励めなかったと思う。

ちょうど明日は工房の定休日だ。時間も一日使える。

「明日、修理用の素材を探しに行きましょうか。けっこう泥だらけになると思いますが」

◇

私たちは大荷物で森の中に入った。もっとも、荷物を持つのはほぼリルリルだが。大きな箱の入ったカバンをリルリルは背負っている。弟子にばかりやらせてるのではなくて、私は体力的に無理なのだ。

また転倒するおそれがあるので、念のため杖（つえ）をつきながら進む。

「不幸中の幸いにして、素材も水辺に多いものです。なので、地面を慎重に探していけば、見つかるとは思います」

「そういえば、何を見つけるんじゃ？　川魚でも捕獲するのか？」

「違います。これです」

私はその場にしゃがみこんで、手を地面につけた。

「土です」

「そんなもの、どこにでもあるじゃろ。なんで森に来ないといかんのじゃ」

「土ならなんでもいいわけじゃないですよ。必要なのは粘土質の土です。それを補修剤の材料にします」

「そういえば、粘土の中には焼くと陶器みたいになるものがあるな。しかし、水漏れ部分に詰めて焼くわけにはいかぬのではないか？　水路は木製じゃぞ」

リルリルの言うとおりで、たしかに陶器を作るみたいな方法はとれない。

「焼き物作りよりはるかに低い温度で硬くなるように土を作り替えます。魔法陣で魔力を送り込めば可能です」

実は学院で壊した花瓶の補修に、この方法を使ったことがある。

結局、バレて怒られてしまったが……。

あの頃よりは私も成長しているし、どうにかなるはずだ。

「水の底に沈んでいる土をもらっていきましょう。どちらかというと、下流側の水辺の土が適しているので、このあたりの土は向いているはずです」

「では、早速ここから採っていくか」

リルリルはもうスコップですくう気満々だった。

「このあたりは、さらさらすぎますね。もっと、いい土がきっとあるはずです。探していきましょう。常に下を向いて歩いていきますよ」

「長くやってると、気分が沈んでいきそうじゃな」

「足場が悪いから、どっちみち下を向くしかないんです」

私たちはゆっくりぬかるみの多い場所を歩いていく。

少し進んでは杖で沈み具合などを確かめる。

「悪くはないですね。ここの土はキープしておきましょう」

「そうじゃな、手にもまとわりつく気がするぞ」

「ですが、まだまだこんなものではないはずです。より良質な土が山から下ってきて、たまってる場所がきっとあります」

錬金術師は魔力を行使するが、魔力はあくまでも触媒にすぎない。

素材がいいものでなければ、どうしようもない。

これは教授の言葉だが、素材集めが下手な錬金術師はずっと二流のままらしい。

私は靴も脱いでいる。

このほうが土の感触がよくわかる。

気温の高い青翡翠島（あおひすいじま）でも、ずっと水に足をつけていると体が冷えてくるが、それは我慢（がまん）するしかないか。

これが自分の家の花瓶の修理ならいいかげんな土でもいいのだが、今は使ってないとしてもかつての水路を修理するわけなので、良質の土を選びたい。

そして、足がふやけてきてテンションも下がってきた頃――

「おっ！　ここじゃ！　ここがよいのではないか？」

リルリルがワンピースを少したくし上げながら、右足で地面をノックでもするみたいに踏んだ。

足下は透明な水の下にしっかりと茶色い土が見える。

「これは粘りけがありますね！　いけますよ！」

「よくやったじゃろう。探し回ったかいがあるわい」

「ところで……リルリル、だんだん背が縮んでませんか？　というか、脚が短くなってます？」

「この土、全身が沈んでいくのじゃ……。あれ……？　左の足が上手く上がらん……。右も沈んでおるような……」

もしや、これって……。

底なし沼みたいな場所!?

「まずい……脱出方法がわからん……。フレイア、どうにかしてくれ！」

「どうにかと言われても方法がわかりませんよ！　幻獣なのにどうにもならないんですか？」

「踏ん張ろうとするとかえって沈んでしまうのじゃ！」

「獣の姿になるというのは、どうでしょう？」

「余計に沈む危険があるので無理じゃ！」

そういや、本来の獣の姿のリルリルはとんでもない体重のはずだ。人の姿の時に体重がどうなってるかわからないが、獣になっても改善しなそうなのは想像できる。

「引っ張ってくれ！　横からの力を受ければ、そっちに動けるかもしれん！」

ゆっくりしていると脱出は余計に難しくなるし、やるしかない！

私は杖を投げて、リルリルの右手を両手で持つと――

「こっちこーい！」

自分の側に強引に引いた。

リルリルの脚が抜けたのが見えた。

よし、成功した！

――と思った次の瞬間にはリルリルがこっちに倒れ込んできた。

そりゃ、そうなるよな……。

私はリルリルに押しつぶされる格好になった。

「ぐええ……重いから、とっととどいてください……」

見た目よりはるかに重い！　やはり見た目を変えても体重は獣の時だけあるらしい……。

「いやあ、ひどい目に遭った……。まさか島の守護幻獣が島で危機に見舞われるとはのう……」

「今は私がひどい目に遭ってるのでどいてください！」

「まあ、最高の土が手に入るからよかったと思ってくれ」

それは……間違いではないか。

私たちはその土をすぐに採取した。

土を敷き詰めた箱の中に、微量の別の鉱石を入れる。

配合が済んだら今回は魔法陣の中心に置く。

「そしたら、早速はじめましょう。もったいぶるようなものじゃないんで」

「今回は今までよりいいかげんに見えるのう」

リルリルが率直な感想を漏らした。

「これは素材の質がすべてですからね。ですが、ただの粘土では芸がないので、もっと便利なものを作ります」

光が粘土を主とした材料を包む。

やがて光は淡くなって消えていった。

「よし、これで補修剤は完成です。名前は【加熱粘土】といったところでしょうか」

「見た目からは、完成かどうかさっぱりわからんな」

「じゃあ、効果を見るために水路まで行きましょうか。はい、これが塗り込む木べらです」

リルリルは私が差し出した木べらをあまりよくわかってない顔で受け取った。

「粘土を木べらで塗るのか？　まあ、粘土でも穴はふさげるじゃろうが、耐久性が知れておりそうじゃな。急場しのぎというか」

「まあまあ。水漏れ箇所はわんさかあると思いますし、地道にやってください」

リルリルは粘土の入った箱を持って、すぐにまた森の中に走っていった。

移動が基本「走る」なのは、ある種弟子らしい。足が速すぎるけど。

私はゆっくりと追いかけるとする。師匠らしいからではなく疲れるし、場所によってはまた転ぶからな。

木の水路のところで、リルリルがべたべた木べらで粘土を塗りつけていく。

「おお、水漏れが止まっておるな」

「漏水箇所だけでなく、周囲もやっておいてくださいね。隙間（すきま）ができてる近くからも漏れるかもしれませんので」

動き出すとリルリルは速い。水漏れ箇所を次々に埋めていく。

しばらくして、リルリルが違和感に気づいたらしい。

「ん？　この埋め込んだ粘土、ちょっと赤くならんかったか？」

「ふっふっふ。気になったなら確認してみたらどうですか？」

リルリルはおそるおそる手を赤くなったように見えた粘土のところにやった。

「熱っ！　なんじゃこれ、水が流れておるのに、熱いぞ！」

「そうです。実はその木べらも魔導具（アーティファクト）でしてね。その粘土と感応して、触れた粘土の部分だけを発熱させるんです」

リルリルは熱くなっていた粘土部分を爪（つめ）でこつこつと叩いた。

「あっ、質感が陶器のようになっておる！」

「そういうことです。これでしっかりと穴をふさいでくれるというわけです」

「これは面白いのう！　余が全部やる！」

おもちゃを持った子供だな。私も昔はこんな時期が……あったのか？　記憶にないのでわからないぞ。


リルリルはどんどん粘土を木べらで押し込んで、穴を消していく。

ぽたぽた漏っていた箇所が刷毛を使ったあとで消えるのを見ると、なんとも言えない幸福感があるな。

「水路の水量も増えておる気がするぞ。これを続けていけば、村に水を通すのも夢ではない！」

「ええ、時間はかかると思いますが、じっくり丁寧にやってください」

村に水が供給できるまではまだまだだろうが、リルリルの趣味ができたようでよかった。

それにこんなに曇りけのない笑顔を見られたら、そのために何かやってやりたくなる。

自分は学生時代、小憎らしい生徒だったけれど、もう少しかわいげがあってもよかったな。普段は鬼の教授にすら、弟子には甘いというかわいげがあったのだし。

尻尾を振るリルリルを見て、私は反省した。

素直すぎる女の子はまぶしい。

でも尻尾を振るのは媚びすぎな気もするな……。


長丁場になると予想していた上水道工事だったが、全然そんなことはなかった。

「おおかた終わった。そろそろ村の敷地の手前まで用意はできた」

粘土を作った三日後、（クレールおばさん宅で）眠る前にリルリルがそう言ったのだ。

「ま、まさか……。いくらなんでも高速すぎますよ。リルリルって話を盛る癖がありますか？　戦記物小説で兵力を実際の十倍に誇張するがごとし」

「ならば、明日の朝に確たる証拠を見せてやろう。この肉球に誓って、ウソはない」

「肉球に誓われても」


早朝、珍しく朝食前にリルリルと村はずれのちょっとした段丘に入った。

その段丘との高低差が村と外側の境目に当たる。その草むらの中がやけに濡れているなと思ったら、水を流している水路が見つかった。

「本当だ……。こんなところまで……」

「湿気の多い場所以外では傷みも知れておったからな。大きな破損箇所もあったが、適宜、新しい水路で付け替えた。余にかかれば、積み木遊びのように容易じゃ」

リルリルは力こぶを作るポーズをとって、能力をアピールした。

「そういえば、この部分は箱状の木樋ではなくて、木をくりぬいた構造ですね。丸木舟（まるきぶね）形式というか」

「そうじゃな。そこはそちらのほうが設計上、楽だと思ったので、そうやった。見栄（みば）えは悪いが、こんなところまで来て、誰（だれ）も確認せんじゃろ」

「水漏れを別にすると、本当に水路の破損自体はリルリルだけで解決できてたんですね」

「そうじゃぞ。フレイアはあまり信じておらんかったかもしれんがな」

「う〜む、これは私の負けです。弟子を侮（あなど）っていました」

私は両手をだらんと挙げた。降伏のポーズだ。

「今日はフレイア一人で店番をしておけ。余はその間に村の中にまで上水道を引いて、村の連中の度肝を抜いてやる」

その言葉で、私はふっとあることに思い至った。

「あっ……そういや、ずっと無許可で水路をいじってましたがよかったのかな……」

捨て置かれた水路とはいえ、連絡もなく、復活させてしまったらさすがにまずい。

私たちだけで再生できるかも怪しかったし、ぬか喜びさせるのはよくないから勝手にやっていたが、想定よりもはるかに早くリルリルが復旧させてしまった。守り神おそるべし。

いつのまにか上水道が復活してましたというわけにはいくまい……。

「リルリル、大至急、村長のところにあいさつに行きます」

「むむ？　ある日突然、上水道が復活したほうが、驚く顔がたくさん見られて愉快ではないか？」

こういうところの価値観は幻獣だな！

「社会ではほうれんそうナシなのはよくないんです。幻獣の対応を連絡ナシでやったらきっちり処分された私はよ～く知ってます」

私は駆け足で村長宅に向かった。

じょうろで庭の花に水をやっていた村長は上水道ができると聞いて、じょうろを落とした。

村長がしっかり驚いたので、リルリルも目的は達成できたと思ってくれ。

私が工房の営業を終えて村に向かうと、遠くから村の人たちが手を振ってきた。

それに導かれるように歩くと、人の姿のリルリルが腰に手を当てて待っていた。

「やっと来たか。フレイアが来なければはじまらんからな！」

リルリルが私の手をとる。

「はじまるって、何がはじまるんですか？」

「決まっておるではないか！　上水道復活の式典じゃ！」

井戸から八十歩ほど西の平坦地に、真新しい箱型の水路が置かれている。葉っぱが入ったりしないように上部もきれいにふさがれていた。

その水路から巨大な銅製の水鉢に水が注ぎ込んでいる。

「かつて上水道が生きていた時代の水鉢じゃ。倉庫に眠っておったのを引っ張り出してきた」

「ああ、なかなか立派なものですね」

「村に入ってからの水路は余と村の者で突貫工事で作った。いずれ、もっと丈夫なものに置き換えるつもりじゃ。分流ももっと作って、便利にせんといかんしな」

そんな説明を受けながら、私は上水道の取水口まで連れていかれた。

周囲は村の人全員が揃(そろ)っているというぐらいににぎわっている。

「なんか、気恥ずかしいですね……」

「恥ずかしがるな。そなたの功績を讃(たた)えるためにみんな集まっておるんじゃ。さあ、胸を張れ！」

「そう言われても、ここまでの反応は……」

学院では成績優秀だったけれど、別に褒(ほ)められ慣れていたわけじゃないのだ。こんな時にどんな態度でいればいいかわかっていない。

「じれったいのう。じゃあ、わかりやすくしてやろう」

リルリルは私の腰をつかむと、掲げるように持ち上げた。

まるで赤ちゃんをあやす時みたいに。

自分の視線が一気に上がる。あらためて、村の人が集まってるのがわかった。

「皆の者、上水道復活の立役者、フレイアを讃えよ！　今日は幻獣である余以上に顕彰してよいぞ！」

「よっ！　最高の錬金術師！」「フレイアちゃん、ありがとうね！」「水を汲(く)むのが楽になるよ！」

「あははは……ありがとうございます……」

真正面から評価されると、何を言っていいかわからなくなるな……。

当然気恥ずかしい。気恥ずかしくはあるが――

なんで、こんな泣きそうになるんだろう……？

ああ、受け止められる感謝の量というのは限りがあって、それを超えると泣いてしまうのかな？

これまでも村の人に感謝されたりはしたけど、ちょっと規模が違いすぎる。みんなが驚いてるのではなくて、ありがとうと心から言ってくれている。

すました態度で学院を闊歩（かっぽ）していた私が……くっ……。

「そなた、うれし涙か。よかったのう。なかなか流せるものではないぞ。たくさん泣け、泣け」

「なんで見えてないのに、リルリルがわかるんですか……くう……」

「それぐらいわかる。むしろ人間は獣の感性が鈍（にぶ）りすぎなのじゃ」

そういえば、こんなに歓迎されたことなんて、人生でなかったな。世のため人のためではなく、生活の手立てのために錬金術を学んだだけだったけど……。

どうせなら、世のため人のためのほうがいい。

生まれてきて、よかった。

「皆の者、フレイアが来てから村の暮らしも変わってきたじゃろう。これから村をにぎわせるのはそなたらの役目じゃからな。しっかりと働くのじゃぞ」

「おお！」「リルリル様万歳！」「これからも村をお守りください！」

リルリルはきっちり自分も讃えるように村の人たちを扇動していた。

まあ、好きなだけやってくれ。

守り神は生きてるだけで褒めてもらえる立場だから、褒められるのも上手い。謙遜（けんそん）しないし、かといって嫌味にもならない。

「あの、そろそろ下ろしてもらえませんか？　これじゃ、磔刑（たっけい）にされてる重罪人みたいです」

「おっ、落ち着いてきたな。そりゃ、見世物という意味では同じじゃからな」

「見世物って言うな」

ようやくリルリルは私を下ろしてくれた。


その日は上水道が復活した記念で、取水口の前で宴会になった。

私は主賓の扱いなのか、食べきれないほどいろんな料理を出してもらった。

食べたことない料理もいろいろ出た。

浮かれて踊っている人もいたし、本当にお祭りだ。

「ずっと落ち着かないままですね。慣れるものじゃないです」

私はどこかの家から持ってこられた椅子に腰かけた。もう、おなかいっぱいだ。

いろんな家から用意されたテーブルには各家庭で作った料理と、祭りの時だけ作る派手な料理がまだまだ並んでいた。

「そなたは意外と謙虚なんじゃな。事前に仕入れた情報では、学院ではもっと偉そうという話を聞いておったが」

リルリルはお酒の入ったコップを持っている。

人間がたしなむ程度では酔わないのか、リルリルはぐびぐび飲んでいる。

私の代わりにリルリルが飲んでくれるので、その点は助かっている。私はお酒は苦手だ。

「べ、別に偉そうだったわけではないと思いますよ……。ただ、成績がよかったのは事実だから、堂々としていただけです……」

リルリルが腑に落ちたという顔になった。

「あ～、友達が少ないから褒められる機会もなかったんじゃな」

「事実だったら何を言ってもいいというわけではないですよ」

リルリルが手をぽんと私の頭に置いた。

「まっ、追々慣れていけ。そなたはすごいと言われるだけのことをやった。ふんぞり返らん程度にすましておれ」

「善処はしますよ。しかし、工房すら完全には往時の状態になってないのに、偉いぞと言っているのもおかしな話ですが」

「ん？　料理はクレールに作ってもらっておるし、クレールの家から出勤しておるが、工房に住むこと自体はできるじゃろ？　何が足らんのじゃ」

「建物の裏側のことです。庭園はボロボロのままじゃないですか」

いまだに池は黒だか緑だかわからない色に濁っている。毒の沼地みたいな色だ。

「庭園か。そういえば、ずっと後回しじゃった。けど、あれも再生できるじゃろ」

「再生といっても、庭園の場合は掃除だけじゃなく、水の手を復旧させる必要があるんです」

「水が湧いている場所は見つけたのじゃから、庭園に引いてこればよいではないか」

「…………………ほんとだ」

庭園に最も必要な水というパーツはもう見つかっていたのだ。

リルリルが私の首に手を回して、ぐっと引き寄せた。

「工房、これで元通りになるな。どんな錬金術師が視察に来ても恥ずかしくないぞ」

「こんなところに錬金術師が来ることなんてないですけどね。格好はつくものになりそうです」

リルリルの息は酒臭かった。酔ってなくても、お酒の香りはするものだ。


上水道が完成した翌日からリルリルは庭園までの水路作りに精を出した。

工房の椅子に座って植物を磨り潰したりしている後ろで、のこぎりの音がよく響いた。

ある日、その日の仕事を終えると、リルリルに庭園を見に来いと言われた。

もう庭に生い茂る草のたぐいはきれいに取り除かれていたし、池の濁った水も捨てられている。

大きな池は乾いた状態で不自然なくぼみをいくつも作っている。

当然、水がないんだから未完成だけど、これはこれで風情がある。

その庭園の奥に連れていかれた。

そこには新設された水路がある。

一箇所、木の板で作った堰があった。

「さあ、これを引き抜け。庭園を――いや工房を完成させる最後の大仕事じゃ」

「リルリルって、催しというか儀礼的なことが好きですね。それも幻獣の性ですか?」

「ごたくはよいから、さっさとやれ。師匠に花を持たせてやろうという気づかいじゃ」

それでは、心おきなくやらせてもらおう。

私はその堰を引き抜く。

水がその先の水路へと進む。

庭園の中心をなす大きな池の奥にある小さな池、そこに透き通った冷たい水が注ぎ込まれていく。

その水が池を伝って、大きな池にも流れ込む。

ちょっと離れて見てみると、そこには貴族の別荘にでもありそうな、意匠を凝らした庭園があった。

訪れた当初の、死霊でも出てきそうな薄暗い景観はない。

水も腐ったような色のものから、清冽なものに変わっているし。

「『錬金術工房　大きなオオカミ』、これにて完成です」

「開店して半月ちょっとか。悪くはないペースではないか」

「たしかにリルリルがいなければ、はるかに遅くなっていたでしょうね。ありがとうございます」

「もっと言ってくれてよいぞ」

私は人の姿のリルリルにもたれかかる。

「オオカミの姿で、お布団代わりになってくれたら、もっと言ってあげますよ」

「今日は記念の日じゃし、認めてやろう」

感触が動物のやわらかいそれに変わった。

私はもふもふの中にくるまれながら、池に水が入っていくのをゆっくりと眺めていた。

「これ、いつまででも見ていられますね」

「わかるぞ。水が溜まるだけなのに、やけに楽しいな」

いつ営業できるんだろうと思った工房も、力を入れれば、よみがえるものなんだな。

人にできないことはない。いや、それは言いすぎだけど、できることはけっこうある。

この環境なら毎日暮らすのも楽しいかもしれない。案外、奉公期間の三年もすぐかもしれない。

むしろ、四年目も島で暮らそうと思ってたりして……。

「工房が完成したのじゃし、クレールの家の邪魔になるのも最後かのう」

「ええ！　工房で暮らしましょう！」

ようやく、島の錬金術師としてのスタートが切れそうだ。

第七章

青翡翠島名物「白の王国」

Chill and Airy Memoirs of the Alchemist's Remote Island Frontier

顔にぷにぷにしたものが載っている。

心地よくはあるのだが、少し重い。

もうちょっと力が弱くなってくれればいいのにと思うが、かえって重さは増してくる。

こうなると、不快な部分が強くなってきて、目を開けないといけなくなる。

「さんじゅうよん、さんじゅうご――おっ、やっと起きたか。起きるのに、三十五秒かかったぞ」

オオカミ姿のリルリルの肉球がおでこに載っていた。

「変な起こし方はやめてくれませんか……？　起きろと言ってくれればよいです」

「ウソつけ。それでいつ起きたことがあるんじゃ。起きんからこういうことしとるんじゃろ」

「あれ……。見覚えのない天井ですね……。港の宿屋かどこか……？」

「こりゃ、まだ寝とるな。池にでも投げ入れてみるか」

人の姿に変化しリルリルははっきりあきれた顔をしていた。獣の時よりあきれてるのがはっきりわかるのは私が人間だからだろう。

「工房で寝起きするようになったんじゃろうが。昨日、クレールに『お世話になりました』と言ったの、忘れおったか？」

あっ、そうだった！

工房の庭も完成した手前、これ以上住居として使わないのはまずいということで、工房で暮らすことにしたのだ。「ええ！　工房で暮らしましょう！」とはっきりと庭園で口にしたのをリルリルも聞いていた。

私の決心の瞬間までリルリルは目撃していたわけで、これで言い逃れは無理である。

しかし、厳密に言えば、違うところもある。訂正させてもらおう。

薬の分量には厳密さが求められることだしな。

「リルリル、細部が間違っています。私は昨日、クレールおばさんに『お世話になりました。また、ごはんをごちそうになることはあると思いますので、よろしくお願いします』と言ったんです。あくまでも寝泊まりを工房でするると確定させたにすぎません。今後も隙あらば、クレールおばさんにごちそうになる所存です」

「迷惑な奴じゃ」

「相続できる遺産を放棄するのは別にかっこいいことじゃなくて、ただの愚か者です」

話すだけ無駄と悟ったのか、リルリルは指でくいくいっとこっちに来いのサインを出す。

「朝食は用意しておる。とっとと食堂に来い」

食堂にはお皿の上に焼いたパンとイチゴジャムのビンが置いてある。

あとはサラダとチーズ、ソーセージ二本と昨日作っておいたお茶がテーブルに載っている。

「おおっ！　ちゃんとしている！　ちゃんとした朝食じゃないですか！」

「おい……獣肉がどーんと置いてるようなの、想像しとらんかったか？」

リルリルがあきれた顔をした。

「沈黙は金、雄弁は銀です。ここは金を選びます」

「言ってるようなもんじゃ。別にこれが初めての料理ではない。村の者の部屋を借りて作ったことなら何度もあるわ。魔法が使えんでも【火炎石】で火なら熾（おこ）せるしのう。島の外に出て、いろいろ店を巡ったこともある」

【火炎石】は魔力が体を流れていれば反応するからな。調理用の火程度なら問題ない。

「それとそっちの五人前ぐらいある朝食はリルリルのものということですか？」

どれも私の五倍はある料理が向かいの席のほうに置いてある。

「これぐらいは食わんと体が動かん」

「私だったら胃もたれしますが、適正な量は人それぞれですね」

私たちは席につくと、食事にとりかかる。飢えずに食事にありつけることを神に感謝。

「朝に起きて、朝にごはんを食べる。しかも自宅で。実に健康的な生活です」

「むしろ、昔はそれすらできておらんかったんか？」

「幼（おさな）い時は施設暮らしで、学院に入ってからは寮暮らしなので、ごはんを自宅で食べるという習慣はなかったんです。厳密には自宅らしき場所で食べたことがないというほうが正しいですが」

「まっ、そなたが師匠なのじゃから、弟子として食事ぐらいは作ってやるわ。守護幻獣の余と上水道を復活させたそなたのためなら、食材もいくらでも村の連中が用意してくれるしのう」

「リルリルと一緒にいるだけでも私はアドバンテージを得ているわけですね」

「もっと感謝せえよ」

「パンの焼きかげん、上手ですね」

「……それも感謝ではあるな。許す」

この工房での生活も悪くないか。

などと新生活の朝に、無責任に私は思った。


――でも、この一時間後、それどころではなくなったのだが……。


どんどん、どんどん。

店のドアが遠慮がちにノックされる。まだ午前中だから開店時間ではない。

「急病でしょうかね。私が出ますので、リルリルは本で勉強しててください」

カウンターの後ろの作業机で読書中のリルリルを置いて、私はドアに向かう。

そこにいたのはマクード村長だった。

「あっ、村長。おはようございます。何かありました？」

表情からして楽しそうな内容ではない。人のよさそうな顔が気まずそうに少し引きつっている。

まさか上水道の水で食中毒が多発したなんてことはないよな……。

「朝からすみません。実は代官様の使いが来ましてな……」

「代官？　そういえば、この島はどこかの伯爵家の領地の一つでしたっけ」

「ええ。島は伯爵家の飛び地の一つなので、代官様が統治しておられます」

伯爵家ともなると各地に所領がある。全部を一人で管理できるわけがない。

「それで、代官様が……『連絡もなしに上水道を復活させるのはやりすぎである。担当者は一度、代官屋敷に出頭せよ』と……」

げっ！　また偉い人から怒られるパターンだ！

「こちらも詰めが甘かったですな……。あまりにも急ピッチで事が進んだのでうっかりしていましたが、水利の問題は重要案件ですから代官様に報告しておくべきでした……」

すみませんと村長が頭を下げる。

「いえ、すべてはこっちの責任ですから頭を上げてください。謝罪に行ってきます」

こういうのって、お詫びの品としてお菓子でも持っていくべきなんだろうか。

でも、島に住んでる時点で豪華なお菓子など入手できるわけがない。

その時、嫌な想像が浮かんだ。

代官って好色なサルみたいな奴じゃないだろうな……。

島に親戚の一人もいない身なので、私には後ろ盾がない。まあ、錬金術師が怒って帰るようなことになれば代官の失態にもなるから変なことはしてこないと思うけども……。

と、背後にリルリルが立った。

「案ずるな。余がやったと言えば、代官も受け入れるしかない。行くぞ」

「ああ、最大の後ろ盾がいました」

私だけでなく村長も外に出すと、リルリルはそこで獣の姿になる。

「厄介事（やっかいごと）はすぐに終わらせるに限る。走るから乗れ。あっ、マクードは歩いて帰れ」

乗せてあげてもいいのにと思ったけど、二人乗りはバランス悪そうではあるな。

私とリルリルは港の裏手の高台にある屋敷――通称「代官屋敷」に来ていた。

周囲にほかの家はなく、まるで城のようにそびえている。というか、小柄な城だ。

「そういや、島に上陸した時、港の奥に尖塔（せんとう）が見えていたような気が」

代官屋敷に接続される形で物見の塔が建っている。それが尖塔の正体だ。屋敷本体も含めて、間違いなく島で最も立派な建物だろう。

「普段寄ることはないからの。とっとと済ますぞ」

門の前にいた召し使いらしきおばさんに入れてもらう。その召し使いさんは城の分厚い扉も開けてくれた。

そういえば、こういうのって警備兵みたいな男じゃなくて、おばさんがやるのか。平時だからメイドの立場の人が担当するのかもしれない。

案内されて、廊下を歩く。古い建物だけど、汚らしくはない。学院の廊下をほうふつとさせる。

「それにしても、出向けとは偉そうな奴じゃな。ここの代官をやってまだ三年ほどのくせに」

リルリルは人の姿で文句を言っている。単純に、幻獣の姿では屋敷に入れない。

「もしかして、島に来た時にあいさつしておくべきでしたか？　錬金術師の出店ぐらいで代官にあいさつに行かなくていいと聞いていたんですが……」

「島の外の常識は知らん。大きな街で開業のたびにあいさつにやってこられたら、かったるいじゃろうが、島の場合はどうなんじゃろな」

ぶっちゃけ、こういうのって地域によって慣習が違うから学びようがない！

島の住人の大半が無礼と思っているなら、それは無礼なのだ。あるいは領主（代官も含む）ごとにルールが違うってこともある。

途中で、おばさんから黒い頭巾をかぶった女性に案内役が変わった。

顔が見えないのが不気味だが、それを理由に拒否できる立場でもない。にしても女性ばかりだな。

本当に好色な男が代官だったら、どうしたものか……。リルリルがそばにいるのだから身は安全だろうが、殴りつけたりしたらこっちも営業できなくなるぞ。

工房で朝を迎えた日から営業終了の事態になったら笑い話にもならないな……。

できれば穏便に済ませたい……。

リルリルは自分のほうが偉いという顔をしているが、本当に大丈夫か？

頭巾の女性の足が止まる。「執務室」と書かれたプレートのかかっている部屋の前だ。

「では、お入りください」

「は、はい……」

私はゆっくりとドアノブに手をかけて、ドアを開く。

「し、失礼いたしますっ！」

中には――誰もいなかった。

「あれ？　留守ですか……？」

おなかを壊してトイレにでも入ってるのだろうか。

相手が不在ということを想定してなかったので、どうしていいかわからない。

「リルリル、この場合、廊下側に顔を向けて待ってるほうがいいんですかね？」

「なんじゃ、そりゃ。そんな作法は聞いたことがないぞ」

「ですが、代官様は部屋にいないわけで……」

「あっははは！　その様子だとまだ気づいてないようね」

案内をしてくれた女性が笑っていた。

その女性が頭巾を脱ぐ。私より少し幼い赤い髪の女子が立っていた。歳は十五歳ぐらいだろうか？　きれいに編み込んだ髪にいくつか髪飾りがついている。

「こういうことよ！」

ん？　代官の娘か？　この年頃なら自分が島に赴任する際に残しておくのは不安だから連れてくるか。悪い虫がつきかねないからな。

「すみません、代官様がいないというのは、いたずらか何かなんでしょうか……？」

　落ち着かない場所で、私は完全に空気に呑まれていた。

「えっ？　まだ気づいてないの？」

「ええと……いい毛織物ですね。これ、北方の品でしょう。まさかこんな南の島で目にするとは思いませんでした」

「そうよ、いい品をさりげなく使うのが上流階級のたしなみ——って違う、違う、違う！」

　女性は自分の顔を指差した。

「わたしがこの島の代官よ。召し使いだと勘違いさせたまま、部屋に案内したわけ」

「ああ、なるほど。……って、若いな！　私より若いじゃないですか。まだ小娘！」

「小娘は悪口でしょ！　驚いたからって、普段の言葉遣いが出てる！」

　本当だ。曲がりなりにも謝罪に来たのだった。でも、いたずらを仕掛けてきたのはそっちだろとも思う。

「わたしはこの島の代官、エメリーヌ。伯爵家の出身だけど……傍系の愛人の子だから……自分で言うのもなんだけど、とても大物貴族の権力争いに首を突っ込む立場ではないの」

　エメリーヌと名乗った小娘（小さい娘だから事実だ）が胸に手を当てて言った。

「そうじゃな。で、十二になった時に自分から島の代官をやると言って、やってきたというわけじゃ」

　リルリルがつまらなそうに答えた。見知った顔という反応だった。

「あれ？　リルリルは代官様のこと、ご存じですよね。だったら最初から言えよ」

「はん？　今から会いに行くのに伝える必要などないじゃろ」

むっ。一理あるので反論しづらい。こっちから代官について教えてくれと言ったわけではないし……。

「このエメリーヌは小娘にしか見えんが、それなりに頭は切れるぞ。筆記も簿記もできる。幼い頃から埋もれずに自分の力で何かしたいと思っておったらしい」

「周囲がいかつい男の領主ばかりだと、女の代官に舐めてかかってくるかもしれないけど、海に隔てられた島なら問題ないから。わたしが管理するのにはちょうどいい場所なの。権力争いからも無縁だし、王都のあたりよりはるかに温暖だし」

エメリーヌ（向こうのほうが若いのだし、心の中でなら敬称はいらないだろう）は薄い胸を張ってからからと笑った。言葉の発音が島のものと違う。王都の発音だな。

「わかります。学院の廊下なんて冬は外より寒かったですし」

「あら、フレイアさん、あなたとは気が合いそうね」

よかった、話が合う都会人かと思ったが――

「それと、この部屋には客人用の椅子がないの。あなたたちには申し訳ないけど、苦情を言われる側だからそのまま立っててね」

エメリーヌはそう言うと、私たちの横を通って執務室の席に座った。

気が合うと思ったけど、ちゃんと叱るつもりではあるらしい。

「率直に言うね。フレイアさん、村全体に関わる大きな工事は代官の許可が必要よ。わたしからは、善意の作業か、反乱を企む者が罠を仕掛けているのか、区別がつかない」

　エメリーヌは笑っているので、そんなに深刻な問題ではなさそうだが、連絡を怠った私の責任ではあるので、素直に謝った。

「このたびはご迷惑とご心配をおかけいたしました」

　ついでにリルリルにも頭を下げさせる。だが、なかなか頭が下がらない。けっこう力を込めても、幻獣には効かない。

「ほら、謝ってください」

「余は守護幻獣じゃから謝らんっ！」

　何言ってるんだ、この弟子！

「こういう時にはごめんと言っておけばいいんです！」

「言う必要がない！　だいいち、代官と言うからには水の問題だって解決する義務があるんじゃ。それをやっておらんのも悪い！　むしろ自分らができてなかったのに改善してくれてありがとうと礼を言うべきじゃ！」

　くっ！　幻獣には本音と建前の区別がついていない！

　本音をぶつけまくったら、収まるものも収まらなくなる！

　しょうがない、私が五人分ぐらい謝れば——

「あっはははは！　はははははっ！　そう、そう！　そうでなくっちゃ！　幻獣さんはそういう態度でいてくれないと落ち着かない！」

おや？　ウケている。

こっちが芸をしたような反応をされているぞ。

「うん、これは領主としての怠慢ね。その点にはお礼を言うのもやぶさかじゃない」

「じゃったら、大きな声でありがとうと言え。それで一件落着じゃ」

「だけどね、水路の復旧工事もようやく伯爵の許可が下りたのよ。秋頃には取り掛かる目途が立ってたの」

「えっ？　ちゃんと修繕することになってたんですか⁉」

「そう。しつこく声を上げてようやく」

なんだ、この人もちゃんと仕事をしていたわけだ。

「なのに、いきなり上水道が復旧したので、伯爵になぜか不要になりましたと報告しなくちゃいけなくなったの。つまり、わたしが謝らないといけない事態が発生したの。わかる？」

「あっ……」

私は自分たちの責任をようやく理解した。

突然、工事が不要になったせいで、迷惑をこうむる人もいるのだ。

しかも代官が謝罪をする事態というのは、友達同士の「遅刻してごめん」というのとは全然意味が違う。公的に自分のミスを認めるのと同じなのだから。

「エメリーヌが下げたくない頭を下げる羽目になったのは気の毒じゃったな。そこはすまんかった」

リルリルもこれには頭を下げた。

「あの……すべては私たちが無許可でどんどん工事を進めてしまったせいです……。その……社会経験が浅いもので……」

「それは知ってる。それに事前に連絡も受けてたしね」

エメリーヌさん（やっぱり、心の中でもさん付けにしておこう）は机のひきだしから何か手紙を出した。

裏面には学院の校章がついている。

「卒業生が錬金術師としてやってくるけど、世間知らずだから問題を起こすかもしれない。地域のため温かく見守ってほしい――要約すると、そんなことが書いてある」

「あの学院、一応卒業生のケアはしてくれてたんですね……」

そんな話、卒業生である私のほうには一切来てなかったぞ。

まあ、代官に一言お願いしておいてやったぞと伝えてくるのも恩着せがましいが。

「錬金術師の卵ばかりの環境にずっといれば、社会のルールなんてわからないものね。これからは体面というものを意識してちょうだい」

自分より小娘の相手に社会のルールがどうこう言われるのは腹も立つが、社会のルールを知らないのは事実だ。向こうのほうが社会の先輩なのだ。

「以後、気をつけます」と再度、謝罪した。

おそらく、これで話は終わりだ。若造扱いされて楽しいものでもないが、若造だから助かったともいえる。

「それでね、今回のことは水に流すから、フレイアさん、代わりに一つ仕事を頼まれてほしいの」

エメリーヌさんは両手を重ね合わせて言った。

お願いといっても、これはほぼ強制だな……。知るかとは言えない……。

「性能のいいポーションを納品しろとかそういう話でしょうか？　でしたら、可能ではありますが」

「いいえ。知恵を貸してほしいの。長らく村の上水道を修理できなかったのも、究極的には島の影響力が小さいものだからよ。これが重要な街道の宿場だとか、鉱山のふもとの都市だとかなら、迅速に対応されたはず」

「それはたしかに」

伯爵にとったら、こんな島はどうでもいい場所だ。

「なので、島の影響力を高めたい。では、どうするかというと、何か島の特産品を作りたいの。青翡翠島（あおひすいじま）ブランドの名物があれば、一目置かれると思わない？」

「ですね。小さな島でも、石や硫黄（いおう）の産出で富を築いてるところもありますす」

「だからさ、特産品作って♪」

「はっ、はぁっ⁉」

エメリーヌさんは笑顔で「いいアイディア待ってるから。あははっ♪」と言った。八重歯（やえば）がちょっとのぞいた。

「それで今回の件は水に流してあげる」

このクソガキめ……。調子に乗りおって……！

◇

せっかくなので、私たちは港の食堂で食事をしていた。

海が近いので魚のフライがいろいろ売られている。漁師は魚によっては生でも食べるそうだが、食堂のメニューにはない。私もフライのほうがほっとする。

「いいアイディアと言われても、そんなにぱっとは出てきませんよ」

ていうか、錬金術師の仕事じゃないだろと思いながら、魚のフライをかじった。これはアジだな。フライも結局は鮮度がいいほうがおいしい。カノン村でももちろん魚料理は出るけど、漁師が捕獲したばかりの魚が食べられる港の店の鮮度にはかなわない。

「この島にしかない極上の薬草でも生えているなら、それで薬を作れるでしょうけど、そんな都合のいい植物があるとは思えませんし……。どうしたもんですかね」

しかめっ面をしてるつもりだけど、魚のフライが見事なほどサクサクなので、笑みがこぼれそうになる。表面はサクサクなのに、中身は肉厚だと⁉　安い魚とは思えない食べごたえがある。

「これを王都で提供できたら、シェフを呼んでくれたまえと言いたくなりますよ。地のものってうまいですね」

「そうじゃ、そうじゃ。あっ！　このアジを使えば特産品になるのではないか？」

リルリルはうれしそうにフライを一枚、フォークでつかみ上げた。

「輸送に時間がかかるからダメです」

私ははっきりと首を振る。

「別に生の魚やフライを大陸に持っていくとは言っておらぬ。たとえば乾燥させて干物にするとか、オイル漬けにするとか、商品に加工する方法はあろう」

単純な発想と思われたのが心外なのか、リルリルがすねた顔をする。これは私が悪い。

「そこまで考えてましたか。お詫びに追加注文する権利をあげます」

「よしっ！　フライを二皿追加でたのむ！」

リルリルが新たに提供された魚のフライを食べてる間、私はオイル漬けが成功するか考えていた。

味はたしかだし、人気は出るかもな。ダメ元でエメリーヌさんに提案してみるか。

あまり宿題を長く貯め込んでおきたくない。

「オイル漬けか〜。おいしいとは思うんだけど、もっと島独自のものがほしいな〜」

あっ、この反応はダメなやつだ。

エメリーヌさんは舶来品らしい東方の紋様の扇子でぱたぱた扇ぎながら続ける。

「魚のオイル漬けって、大陸の海沿いのどこででも作ってるじゃん。となると、輸送コストが安い分、大陸の商品に勝てないと思う」

「おっしゃるとおりです」

魚は青翡翠島から離れたところも泳いでいるし、大陸の漁師たちもある程度、沖合までやってくる。となると、同じような魚が大陸側にも水揚げされる。

「難しい話だと思うけど、この島ならではの素材を使って、特産品を作れない？」

「要望はわかりますけど、それなら私より島の住人のほうが詳しいのでは？　私は島に来て一か月ほどの新参ですよ」

「逆よ、逆。島にずっと住んでたら、大陸で何がウケそうかなんてわからないって」

そういう側面もあるか。このあたりは言ったもん勝ちではある。

「別に期限を決めてるわけじゃないから、ゆっくりやって。報告書には島のために精一杯働いてくれてると書いてあげる」

「はいはい、継続的に努力しま――ん？　報告書って何ですか……？」

ちょっと気味の悪い言葉が聞こえた気が。

「遠隔地に学院の卒業生が赴任した場合、ちょっとしたことでも学院にお知らせする決まりなの。上水道再生に尽力したってことも入ってる」

「えっ……。それ、学院からお叱りを受けたりしませんよね……？」

上水道のことを書かれると、私が勝手なことをしたという話も伝わってしまう。

「叱るも何も、あなたはすでに学生じゃないでしょ。ただ、代官のペンで島唯一の錬金術師の能力を語るってだけ。そして、学院は代官の言葉を島の公式見解と受け取りがちってだけ。あははっ♪」

エメリーヌさんの顔がいやらしく笑っていた。また八重歯が見えた。

「結局、私の評価はあなた次第って言ってますよね！」

食えない人間だ。この悪代官め！　むしろガキ代官か！

「安心して。わたしもフレイアさんと同じく島の外から来た人間だし。わたしは味方」

今度はいい笑顔でエメリーヌさんは言った。

「私が過去に読んだ小説だと、自分を味方だと言う人、だいたい敵なんですよね」

ちょっと口が軽くなった。

「たはっ♪　特産品はできてほしいけど、年上のお姉さんの困った顔を見るのも楽しいな♪」

この代官、けっこう性格に難があるぞ……。


特産品問題は私の頭をずっと離れなかった。

畑を重点的に回ってみたり、カノン村の人から話を聞いたりもしたけど、島だけのオリジナル品種の農作物はないようだった。

私も島で幾度となくもてなされているけど、初見の野菜は見ていない。

「それでは、山のほうにも少し上がってみるか。新種が生えておる可能性もあるじゃろ」

とリルリルに言われて、よく晴れた日に山へと入っていくことにした。

暗青石(あんせいせき)の採取で入山したこともあるし、それぐらい余裕だと思っていたのだが――

「なんで、そんな道を行くんじゃ。こっちじゃ、こっち」

すぐに人の姿のリルリルは道から外れたところを登りはじめた。

岩肌の露出した崖みたいなところをひょいひょい上がっていく。

やってることは、いわゆるロッククライミングだ。

「ストップ！　ストップ！　そんなところ進めるわけないでしょ！」

「進めておるが？」

くるっとリルリルが顔を向けた。

本人ははしごでも上ってる感覚らしい。

「私はそんな野性味は強くないです！　それと……ワンピースの中が見えそうなので、はしたないですよ……」

私は目をそらして言った。

ちょうど見上げると、覗くことになる角度だった……。

「むっ。そういうのはやめよ。別に堂々と見られるのはよいが、見せるつもりのないものを見られるのは気持ち悪い……」

「堂々と見られるってどういう状況なんですか——と思ったけど、獣の時に恥ずかしがってたら変ですね」

「そうじゃろう。ただ……人の姿の時は、やはり羞恥心を覚えはするからのう。不思議なものじゃ」

リルリルもじわじわと落ち着かなくなってきたのか、次第に顔を赤らめて、さささささっと速度を上げて岩壁を上がっていった。

「あんまり見んようになっ！」

「加減してください！　リルリルに全力を出されると、永久に追いつけません！」

「下るのは難しい！　上り専用じゃから無理じゃ！」

リルリルはそのまま先に行ってしまった。

仕方ないので、私は登山道から進む。時間がかかるが、それが普通の人間の振る舞いだ。ほぼ垂直に山を進むことはしない。

「さすがにどこかで合流はできるだろ……」


なかなか合流できないまま一時間は歩いた……。

「弟子はどこに行ったんですかね……」

諦めて引き返すことも本格的に検討しだした頃――

「こっちじゃ、こっち～。こっち、こっち、こっち～」

遠くからリルリルの声がする。

事情を知らずに声だけ聞いたら怪異話みたいだなと思いつつ、そちらに向かうと――

リルリルが谷川の途中の淵になったところで水浴びをしていた。

ちなみに服は着たままだが、水浴びは水浴びだ。

「着衣で水に入るって、また豪快ですね」

オオカミが毛皮を脱げないようなもので、リルリルとしては常識的な行動なのか。

「フレイアも入ってみよ。気持ちよいぞ」

「足をつけるぐらいならいいですけど、全身つかると冷たいですから――――ん？」

ぬるい。

最初にそう感じた。

ぬるいどころじゃないな。もっと温かい。

「これ、お湯だ！」

「そうそう。このあたりから湯も湧いておるんじゃ。野趣あふれるじゃろう？」

「野趣というか、大自然にそのままつかってるようなもんですね」

リルリルは気の抜けた、「ふあぁぁぁああ」という声を出した。

鳴き声みたいなものかと思ったけど、リラックスした時に人間が出す声だった。

私も足をつける。

「お～。ちょうどいい温度ですね」

最初は両手で上半身を支えるようにしていたが、結局地面に寝転がった。汚れるといってもしれている。

「これぞ、幻獣の隠し湯じゃ。登山道からも外れておるから、ほぼ無名じゃ。最近、特産品探しでバタバタしておるから少しは休め」

そうか、リルリルに気をつかわれていたのか。

打開策がぱっと出なかったのはほぼ初だったしな。

「心配をかけていたのでしたら、すみませんね。私、優等生タイプだったので、課題をずっと引きずったことがあまりなくて……」

「自分を卑下してると見せかけて、優等生だったアピールをするのはやめよ。人から嫌われるやつじゃぞ」

苦言を呈されてしまった。

「ウソをつくよりはアピールのほうがいいと思いますけどね。それに、社会に出たばっかりなんですから、学院での成功体験にすがるぐらいさせてくださいよ……」

リルリルのほうに私は身を寄せた。

今はもふもふしてないけど、人生の先輩みたいなことを言ってきたんだから、後輩の立場で愚痴を言っても許してほしい。

「こういうのは、突然ふっといい案が出てくるもんじゃ。あんまり短絡的に解決させようとせんほうがよい。優等生だった奴がよく陥りそうな失敗じゃ。学び舎での課題と違って、社会の課題はすぐに解決に結びつくものがあるとは限らん」

うへぇ……頼りになる先輩じゃなくて、説教してくるタイプの先輩だ……。

少し私はリルリルから離れた。寄りかかる気がうせた。

「理屈はわかりますよ？　かといって、特産品どうしようかな～と考えながら生活するのは嫌じゃないですかぁ……。課題が残ったままだと落ち着きませんよ」

　私はだだをこねるようにばちゃばちゃ足で水、いや湯を蹴った。

「まっ、お子ちゃまはこれから社会の厳しさと理不尽さを体感していくがよい。ふふん」

「先輩錬金術師に言われるならともかく、理不尽な体力を持ってる幻獣に言われたくないですね」

　リルリルがふざけた調子で言ってるのはわかる。

　つまり、入浴しながらお互い軽口を叩いてるわけだ。

　たまにはこうやって気持ちを休めるのもよいだろう。

「工房にもお風呂はありますけど、こっちのほうがいいですね」

　工房のお風呂はリルリルが用意してくれる。

　着火剤を使っているので、薪の量もそんなに使わず、効率よく温められる。着火剤も私の自家製だ。魔導具の一種だから、錬金術師の領分だ。

「そうじゃろ。わざわざ風呂を沸かすよりこっちに来たほうがよい」

「まあ、私だとたどり着くだけで一苦労ですし、野外で裸になりたくないですけど……ん？　温泉？　これは使えるのでは！」

　私は思わず、立ち上がった。

　この温泉を名物にしたら人を呼べるかも！

　だが、またすぐに座って、温泉に足をつけた。

「いや、無理だ……。これで呼べる人数なんて限られてます……。特産品の規模感ではありません」

「すぐ座るんかい……」とリルリルがあきれた。

「それに幻獣の隠し湯を商品にするのはリルリルに申し訳ないですしね」

温泉のお湯そのものを売り出す？　飲用すると健康にいい成分があるかも？

それも無理だな。地元の人が飲むならともかく、船で大陸に運ぶほどの人気は出ない。

ふと見ると、なぜか楽しそうにリルリルが私の顔を見ていた。

「何か言いたそうですね」

「フレイアも人並みに悩むんじゃなと思って、安心した。てっきり、天才的なひらめきばっかりで人の苦労がわからぬ手合いかなとも考えておった」

「天才なんていいものじゃないです。成績がよかったのも、苦労と努力の賜物です。実家が太いとか細いとか以前に、実家がない立場でしたので……」

そういや、とくに深い意味もないんだろうけど、「あの子、天才だよね」と陰で言われていたことはあったたな。

なんで陰で言われてたのがわかるんだという話だが、本人に聞こえる程度の声量で言っていたからだ。

なので、たいていの場合、心からの賞讃とかではない。

同級生を心から賞讃してるのも不自然だから、それはそれでいいけど。

どうも、同級生たちは私が勝手に偉くなった突然変異と扱いたいらしかった。

そのほうが自分がかなわないのもしょうがないという流れに持ち込めるからだ。

冗談じゃない。

私は在学中、明らかにワンランク上の量の勉強をしてきた。

だから、ミスティール教授にも認められたのだ。

「本当に天才だったら、あっちこっち歩き回ったりしませんよ。すべて工房で解決してるところです」

たしかに学院の中にいる時は努力が結果にストレートに結びつきやすかったが、工房で働く以上はそうもいかない。

この環境に適応するしかないのだ。

「心配するな。錬金術師の価値は試行錯誤の数で決まるのじゃ。今悩んでおるのもそなたの財産になる」

リルリルはお湯の中に浮かんで、空を眺めていた。

「リルリル、ありがとうございま――」

「――といったことがそなたから渡された錬金術の初学者用の本に書いてあった。ちゃんと覚えておる」

「人の言葉かよ」

いいこと言われたと思ったのに。

「逆に言えば、初学者用の本に書いてあるほどの基本ということじゃ。多くの錬金術師がそこでつまずいたりしたんじゃろ。ここが耐えどころじゃ」

「そうですね。どうにか、やりますよ。さて！　そろそろ行こうかと思います」

私は温泉から足を上げた。

「何かしら貴重な植物を探さないといけませんからね」

「フレイア、そなたが来るまでに土産を用意した」

リルリルは岩場の乾いたところを指差す。

そこには見慣れない色合いの石や、比較的珍しい植物が並べられていた。

これ以上、山に入る必要がないぐらいにいろいろと。

「おっ、おお……こんなにいっぱい……。あ、ありがとうございます！」

不意打ちだったので、感謝の気持ちを伝えるよりも驚きが強く出てしまった。

「なあに、そなたより千倍この山には詳しいんじゃから、これぐらいはできるわ」

これから先も私は弟子に面倒を見られることになるんだろうな、と思った。


しかし、人の努力や善意があっさり成果につながるとは限らない。

リルリルが用意してくれた石や植物は稀少なものもあったけれど、島だけのものとは言えず、特産品には結びつけられなかった。

「あれこれ散歩してみようではないか。まだまだ島で見てないところはある」

「ですねえ。足で稼ぐつもりでやりましょう」

朝や仕事が終わったあとに私とリルリルは島を散歩した。

工房や村の近くはおおかた歩いたので、今日は港から少し外れた、海岸あたりをぶらついている。海岸といっても、白い砂浜が広がっているなんてことはなくて、大きな岩がごつごつしている空間だ。波も荒いし、泳ぐのは命懸けだろう。一応、細かい砂の海岸もないことはないが、範囲はごく狭い。

「職業柄かもしれんが、ずっと下を見て歩いておるのう」

「そうですね。性格が暗いせいではないですよ。変わった石が落ちてるかもしれませんからね」

毎日歩いているおかげで島の地理も覚えてきた。

悪代官からの課題に応(こた)えられてはいないが、結果オーライで私の知識は深まっている。島の錬金術師としては確実に成長している。

「伯爵家全体の予算に匹敵(ひってき)するぐらいの海賊の隠し財宝が見つかれば、青翡翠島の発言力も高くなると思うんですけど」

「残念ながら、この二百年は海賊など島に寄りついてもおらんぞ」

「夢のない話ですね。海賊が多発してる土地で暮らすのも怖いですけど」

その時、ごつごつした岩の中に、やけに丸っこいクリーム色のものが見えた。

質感からして、ほかの石と明らかに違う。

「獣の卵かと思ったら、ヤシの実ですね」

海と逆側に目をやる。ちょっとした崖の上にヤシの木が見えた。

このヤシは大陸では生えてないので、実際に見たのは青翡翠島に来てからだが、島ではちょくちょく目にするので意外に思うこともなくなっている。

島、とくに港では食用に使われたりする。本音を言うと、私はそんなに好きではない。あとはしぼって油を採ったりだとか。

「ヤシか。そういえば、大陸では全然見ぬな」

リルリルの反応は道で野良猫を見かけた時より鈍い。

「おそらく冬の寒さに耐えられないんでしょう。大陸だと南部でも冬はたまに雪が降ります」

「特産としてヤシの実を売るか？　しかし、それが売れるならもっと前から売っておるな」

「おっしゃるとおりで、大きいし、重いしで、荷物にするのには向きませんね。加工は必須で

――――あっ」

その時、ひらめきとしか言えないものが私の頭に降りた。

いいや、落ちたと言うほうがしっくりくる。

「そうか……類例を見ないほどの巨大な木の実……。その特性を活かせば……。たとえば油分が多いとしたら、それを利用すれば……上手くいくかも……。魔力による効果の付与も合わされば……」

「なんじゃ、なんじゃ？　急にぶつぶつ言いだして、どうした？」

「リルリル、海岸からは退散です。で、ヤシの実、いくつか持って帰ってください」

「あ、ああ……。手で持つとすべるから大きい袋はいるが、港でもらってくればどうとでもなるぞ」

「数日、ヤシで実験をします。ヤシ本来の力と魔力を組み合わせればいけるはず」

「そうか。とことん極めてくれ。ヤシの実なら、まさに売るほどあるからのう！」

「もし足りなくなったらお願いします。それと、リルリルにはもう一つ頼みたいことがあるんです」

「ほう、何じゃ？」

「たくさんお風呂に入ってもらいます」

「？？？？？？　どういうことじゃ？」

リルリルは見事に両手を上に開いて、お手上げのポーズをとった。

「何一つわからん」


その日から数日、ヤシの実を割って、油分を抽出する作業を続けた。

この油がないと話にならない。

同時並行で試作品作りも行った。

今回のものは熱を冷ます工程があるので、一日で完成にまで持っていくのは難しい。作ったものはどんどん冷やす。

「食用油として売り出すのか？　使えはするじゃろうが、オリーブオイルほどの価値はないと思うぞ」

リルリルには錬金術の勉強をしてもらっていたので、とくに何を作るかまでは話してない。

使用してみた時に驚いてほしいという理由も大きいが。

「いえ、そうではありません。効果増強の魔法陣、今日はこれを試しますか」

私は幾何学模様を墨で、鍋の内側に描いていく。

すでにいくつか試作品を作りはしたので、今日はそれでリルリルに実験してもらう。

これは連続して使ったほうがわかりやすいので、今日が初の実験になる。

まだまだ試すつもりで、今、鍋を煮立たせるのは数日後の実験用に使うものである。

「じゃあ、食品か？　健康にはよさそうな気はするのう」

「食べ物ではありません。火加減はこんなもの……と。そろそろお風呂の準備をしといてください。あとで私も入ります」

「そなたは秘密主義じゃのう。ほいほい、わかったわ」

リルリルはよくわからないまま、薪に火をつけてお風呂を沸かしに行った。

「余だけなら、またあの隠し湯に入りにいくんじゃがのう」

そんな声がお風呂場から聞こえてきた。

「いっそ、隠し湯で試してはダメなのか？」

「水質に影響が出るかもしれないからダメでーす」

私も大きめの声を出しながら、匙（さじ）で鍋の中をくるくる攪拌（かくはん）する。

不純物を取り除いたら、冷やす。

それが固まってきたら、使いやすいサイズに切り分ける――が、さっきまで加熱していたものが固まるのはずっと先だ。

その前に作っていたもので固まったものをカットしていく。これはぎりぎり今日の実験に使えるかな。

「風呂はいい温度じゃ。ちょっと熱いが、余なら入れる。それで、何を使うんじゃ？」

「お風呂場に用意してると思いますから、一個ずつ使ってみてくださーい！」

声を飛ばしながら、私はもう少し作業を続ける。

しばらくやって、作業も一段落したので、私はお風呂場のほうに向かう。

お風呂を覗くのが目的なんじゃなくて、今日使う試作品の検証だ。まあ、お風呂を覗かなきゃわからないのは事実なのだが……。

私がお風呂場に行って、視界に入ったのは――

白い巨大なお化けだった。

「うわ、新種の魔物みたいですね。物理攻撃、効かなそう……」

「おい、いくらなんでも泡立ちすぎではないか？」

白いお化けが声を発する。

「ちなみに、今って人の姿なんですか？　獣の姿なんですか？」

「はぁっ？　それすらわからんのか？」

「ええ。本当にもこもこした白いものがいることしかわかりません！」

「人の姿で体を洗っておったら、泡がどんどん立って、今は獣になっておる」

というわけで、私がヤシで作ったものは――石鹸だ。

それも、徹底して泡立つ石鹸。

◇

「実際に使ってみたけれど、とても気持ちよかったよ！　こんなに体中が泡で満たされる石鹸なんて見たことがない。そう断言できる！」

開店前に馬車で工房にやってきた代官のエメリーヌさんは開口一番、私たちにそう告げた。

「はい、あれはヤシの油分だからこそできるものなんです。もちろん魔力を加えもしましたが、ヤシでなければあそこまでのものはできません。泡立つだけでなく、きめ細やかで優しい泡です」

「なるほどね。お見事な腕前ね。そして、原材料であるヤシは――」

「「青翡翠島にしか生えてない！」」

私はエメリーヌさんに声を重ねた。

「どうじゃ。これなら堂々と青翡翠島の特産品として送り出せるじゃろう？」

人の姿のリルリルが両手を握り締めて、勝者のような顔で笑っていた。

「ええ。依頼から一か月以内に特産品ができるだなんて信じられない。そうだ、せっかくだから、いい商品名を決めたいと思うのだけど、【青翡翠島名物「白の王国」】でどうかしら？」

「白の王国？　勝手に国を名乗るとはようやりおるわ」

「別に商品名なんだから少しだいそれてもいいでしょ。地名だけとって青翡翠島石鹸と言ったんじゃそのすごさが伝わってこないし」

「そこは何でもいいですよ。お任せします。貴族や大商人がほしがるようなネーミングは代官様のほうが詳しいと思いますし」

エメリーヌさんは私の右手を自分の両手で包むと、

「フレイアさん、本当にありがとう。あなたは青翡翠島の英雄よ」

と言った。

「英雄は言い過ぎだとは思いますけど、褒められて悪い気はしませんね～♪」

ここで謙遜するのも変だし、いい気持ちになっていよう。

「自慢じゃないですが、これでも自分の学年では学院最高の成績だったので、今回はその力を発揮できたのかな～と」

「うわあ……。『自慢じゃないが』と言って自慢する奴って実在するんじゃな」

リルリルが痛い人を見る目でこっちを見た。一応、師匠だぞ。

「あっ、そうだ。学院で思い出したんだけど」

エメリーヌさんはふところから手紙を取り出した。

包みだけを見ても、貴人に差し出す正式なものということがわかった。

代官であるエメリーヌさんに宛てたものだろう。ほかに貴人と呼べるような人、島にいる気がしないし。リルリルは偉いが貴人ではない。

「先日、学院にフレイアさんの働きをお伝えしたと言ったよね？」

「報告書のことですよね。その返事が来たんですか？」

エメリーヌさんの報告に対する返事だから、私宛てのものではないだろうが、いいことが書いてあったから教えてあげようとか、そんなところかな。

「お返事はミスティール教授からのもの。あなたの指導教官だったそうだし、妥当よね」

「あっ、教授からですか！　それはそれは、教授にはお世話になりっぱなしでした」

書面に、ねぎらいの言葉でも書いてあるのかな。

だとしたら、なかなか胸の熱くなる話だぞ。

「『上水道の話、細かく聞き及びました。教え子が問題も起こしたそうですが、大事にならずに済み、地域のお役にも立ったということで、指導教官として安堵しております。世間知らずな教え子なので、今後とも何かと面倒をおかけすると思いますが、どうか寛大な心で接してやっていただければ幸いです』だって」

「よかったです。こういうのって気恥ずかしいながらも、悪くはないですね」

教授もあきれつつも、笑いながらお茶でも飲んで、離島での教え子の活躍を想像しているんじゃないだろうか。

口は悪いけど、なんだかんだで弟子に甘い人だからな。

「『それで、仕事の調整もできましたので、上水道の件の改めての謝罪と教え子の工房の監査がてら、青翡翠島に出向こうと思います。今回は無事に済んだそうですが、教え子の気楽に構えて問題を起こす点、改めて指導し、心根を正すつもりです』だって」

「え、え、え、え？　教授来訪⁉」

エメリーヌさんは楽しそうにうなずいた。

ありがたいと思って聞いていたけど、直接会うとなると話は別だ。

ちゃんと工房をやってないと、無茶苦茶怒られる……。

「あなたの心根を正しに来るんだって。あはははっ♪」

クソガキの八重歯がのぞいた。くそう……他人事を全力で楽しみおって……！

もう覚えたぞ。悪だくみをしている時、この人は八重歯が見えるのだ。

「そなただって、師に会えるんじゃから悪い話ではなかろう」

不思議そうにリルリルが聞いてきた。

「わかってませんね。会いたくはあるけど、怒られたくはないんです。そこは両立するんです！」

「じゃあ、怒られるのは確定なんじゃな」と言われた。

きっと、そうなるよなあ……。

第八章　弟子の思い出箱

Chill and Airy Memoirs of the Alchemist's Remote Island Frontier

「よし、その草は確保です！　いい感じです！」

「そなた、なんか突然、真面目になったのう」

リルリルは人がすっぽり入れる巨大サイズの籐カゴに草を放り投げる。このカゴは肩に担ぐタイプだ。肩に担ぐ関係でリルリルは自動的に人の姿で来ている。

山中に分け入っているので、手が空いていないと危なっかしいのだ。リルリルに危険という発想はないだろうが。

「このままだと商品がやけに少ない工房を教授に見られることになりますからね。とてもよくないです。商品として求める人はいなくても、用意はしときます」

商品棚が充実していないと、格好がつかない。大変でも貴重な薬草が必要だった。

いや、見た目の問題ではなくて、本当に怒られるからな。サボり扱いされてしまう。事実、サボっている面もあるのだが……。

「今日はあと三種類、薬草を採ったら帰ります。そこまでお願いします」

「三種類ぐらいなら、余一人で持ってこられるけどな」

「いえ、島のどのへんに生えているか知らないとボロが出ますのでダメです。そういうのは、あの人は必ず感づきます……」

「そういえば、すでに怒っておったな。余にはミスティールの声は聞こえんかったが」

◇

先日、代官のエメリーヌさんにミスティール教授が来る予定になっていると聞かされたあと、すぐに解散となったわけではなく、もうひと騒動あった。

エメリーヌさんはメイドに大きな水晶玉を持ってこさせた。いかにも占い（うらな）師が持ってそうなものだが、これは占いの道具ではなくて、れっきとした魔導具（アーティファクト）だとすぐにわかった。

「【念話器（ねんわき）】ですか。やっぱり代官はお金持ちですね」

「皮肉はやめてよ～。大陸のほうから命令伝達をする時にこれは必須なんだからさ。予備も含めてこの屋敷だけで三台あるよ」

これ、数え方は「台」なのか。

【念話器】というのは、遠隔地の相手と魔法を使って連絡を取り合う魔導具だ。一見すると、非常に便利なのだが、魔力がないと使用できないので、大半の人には水晶玉にしかならない。占い用になら使えるかもしれないが。

「こう見えても、魔法の練習もさせられてたからね。分家の末端でも伯爵家は魔法の教育は欠かさないってこと」

「それで、ここに水晶玉を持ってきたってことは、教授と話をしようってことですか」

「当たり♪　本人から到着予定の日時を聞いたほうがいろいろと楽でしょ？」

この悪代官、イタズラをしても許される環境で育ってきたな。

「さあ、どうぞ、どうぞ。たくさん通話しちゃって」と強引に促された。

私は、こほんこほんと咳払いしてから、水晶玉の後ろに左手をひっつける。なかなか緊張するんだぞ。

「ところで、この魔導具は相手とタイミングが合わんと会話できぬ気がするが、相手にはわかるのかのう？」

「ああ、それは大丈夫ですよ。向こうの水晶から光が出たりして気づけるようになってます」

しばらく左手をひっつけていると、じわりじわりと水晶玉の（私から見て）正面部分に教授の胸像が映った。幸い、向こうも【念話器】がある場所にいたらしい。水晶玉が反応したところで、そこにいなければどうしようもないからな。

「あっ、教授、お久しぶりで――」


「お前はバカか！」

私の頭に教授の罵倒が響いた。

水晶に当てている手を伝って、向こうからの発信が音声も伝えてくれるシステムだ。厳密には向こうからの音声ではないのだが、向こうの声が聞こえているように感じる。

「あの、開口一番、バカ扱いはひどいのでは……」

「お前が何をしたかはすべて聞いている。統治者の面目をつぶすようなことをするな。危なっかしい！」

「実際、変な絡まれ方をしています」

水晶玉の奥でエメリーヌさんが手を振っている。

「すでに聞いているかもしれないが、今度、休みを取ってお前の工房の監査に行く。船が着くのは十日後か。監査だから、港に迎えに来たりするな。こっちから出向く」

「抜き打ちじゃなくて、スケジュールを教えてもらえるのは助かります」

その日に一番工房が充実しているように見せかけてやる。

「ああ、せっかくなので、課題を一つ出しておこう」

「おっと、急用ができました」

私は水晶玉から左手を離した。映像が途切れる。

ただ、水晶玉が発光しまくったので、無視するわけにもいかなくなった。

「何が急用だ！　こざかしいことをするな」

「課題なんてほしくないので深層心理が邪魔をしました」

「お前に出す課題は……そうだな……」

「思いつかないならナシが一番です」

「何か変わったものを用意しておけ」

抽象的な内容だな。

「変わったものといえば、幻獣(げんじゅう)がいます」

後ろから「それは、そうじゃな」と声が飛んできた。

「お前が何か作らないとダメだ。では切るぞ」

通話は一方的に切られた。思ったより叱(しか)られなかったが、その分、直接会った時にいろいろ言われそうだな。

それはそれとして、変わったものか。ううむ……。

「何も思いつかなかったら、石鹸(せっけん)を渡してお茶を濁(にご)しましょうか」

「そなた、必要最低限しか働かないタイプじゃな」

リルリルが心からあきれていた。

◇

というわけで、教授と顔を合わせる前に早くも軽く叱られた私なのだった。どうせ再会したら再会したで叱られると思うので、少しの損である。

山中だけで見つけられる薬草は相当な量になった。やはり、リルリルは優秀な弟子だ。

工房に直帰するのも芸がないので、途中の見晴らしのいい岩の上で、弁当を広げた。リルリルの手作りだ。パンの間に焼いた肉などがはさんである。

「うん！　シンプルなのにおいしいです。肉汁がパンにしみています」

「シンプルだからおいしいのかもしれぬぞ。運動の直後は塩気の多いものがほしくなる」

山賊みたいなことを言っているが、リルリルは岩の上で女の子座りをしている。置いてある大きなカゴが幻獣みたいに見えた。

「おかげさまで薬草は十分手に入りました。稀少な薬草で作った商品を並べておけば、その場しのぎにはなるでしょう」

「しのぐ気満々か。薬草はいいとして、ミスティールが出してきた課題のほうは、どうなってお
る？」

私は嫌な顔をした。

「思いついてないから、足で稼げる薬草集めに注力してるんです……。う～む……石鹸を渡すことになりそう……」

石鹸はお土産にちょうどいいし、生産にも私が関与している。課題を出される前に完成しているのが審議対象になるかもだが、内容としては文句ないと思う。

「まあ、何でもよいじゃろ。ミスティールという者は余の感覚からすると、弟子をかわいがるタイプのようじゃし。何を渡してもそれなりには喜ぶじゃろ」

「弟子をかわいがってはくれますよ。同時に厳しくもあるし、怖くもあるんですけど」

「前も似たようなこと言っておったな。しかし、聞いた話じゃとミスティール門下の者はほぼおら

んそうじゃが、大物の弟子という立場はみんなほしがりそうなもんじゃがの」

言われてみれば。

私は小石をとって、岩の上に文字を書く。白い粉が載って、ちゃんと「名声」と書けた。

「こう考えてください。天秤(てんびん)の片側に『名声』が載るとします」

「そっちに天秤は傾くのう」

「では、逆側に『厳しい指導』を載せます。すると――」

「指導のほうに傾くのか。そういうもんか」

理解が早くて助かる。私は「厳しい指導」の文字を○で囲った。

「苦しい思いをしなくても錬金術師にはなれます。大半の人はそれなりの指導を受けて、素直に錬金術師になれればそれでいいんです」

「じゃあ、そなたは」

「私にはほかに何もないですからね。家族も親戚もいませんし」

ああ、よくないな。暗い話になってしまう。

「まっ、錬金術師として偉くなりたいって気持ちだけでやってるなら、もっとだらけずにてきぱき暮らしてるはずですし、あくまでも一面ですよ。人間ってのは矛盾(むじゅん)の多いものなんです。はい、この話は終わり！　教授が喜びそうなものを考えましょう！」

「いっそ、弟子の肖像画でも渡してやったらどうじゃ？」

私に合わせたふざけた調子でリルリルが言った。これはリルリルの気遣いだ。ありがとう。

「冗談のつもりなんでしょうが、肖像画ってのは意外とアリです。内心で喜んでくれそうな気はします。問題は本当に絵を渡したら、私がヤバい奴になることですが……ん？」

でも、そこに錬金術の要素を加えれば……。

まさに錬金術の課題ということになるか。

いける！

私はぱちんと手を叩いた。

「リルリル、ありがとうございます。その案でいきましょう」

「はん？　肖像画を描いてもらうんか？　画家なんぞ島におらんぞ」

「いえ、そこは錬金術師らしく錬金術でやります。絵心がある人がいるに越したことはないですが、試行錯誤を重ねて補いましょう」

「ま～た、なんか思いついたか。いったい、何が必要なんじゃ？」

「さらさらの細かい砂がほしいです。となると、海の近くで集めたほうがいいですね。それと、【念話器】を使わせてくれとあの悪代官にお願いに行く必要があります。あれが複数台ないと成立しないので」

「エメリーヌに悪代官って言っていたとチクっておこう」

あの人はそんなことで怒るほど純真な奴じゃないぞ。

砂を集める作業は地味で面白(おもしろ)みもなかったが、無事に終わった。悪代官も【念話器】の予備を貸してくれと言ったら、渋(しぶ)ることなく貸してくれた。

――そして、教授がやってきた。

「お前な、私が来ると聞いて、あわてて山に入って薬草とってきたな」

「痛いです、痛いです！　ほっぺたつねりながら、ねじるのはやめてください！　それと、なんで店に入った直後に気づくんですかっ！　せめて問い詰めたりしてくださいよ。密告があったとしか思えないような追及の仕方！」

その日、ミスティール教授はふらっと営業中の工房を訪れた。

で、棚のビンを眺めて、あわてて準備したことに気づいたというわけだ。

やはり無駄(むだ)な抵抗だったか……。

「視線が行きやすい左の棚の目立つところに、南方の薬草の商品がこれ見よがしに置かれている。いかにも私を標的にした立ち回り方で不自然だ」

ようやく、教授はほっぺたをつねるのをやめて、土産らしき焼き菓子(がし)の木箱をカウンターに置いた。その程度では割に合わんな。

「うぅ……。失敗作を売ってるわけじゃないんで、いいじゃないでふか」

ほっぺたを引っ張られていたせいで、まだ変な声だった。

「商品の質に文句はつけてない。将来、大物の錬金術師になりたいなら、少しは研鑽しろ。せっかく王都と植生が違う土地に住んでるんだから、素材集めを楽しめ」

「素材集め自体は別に楽しいものでは……」

私のことを無視して、教授はリルリルのほうに頭を下げていた。

今日のリルリルは獣の姿をしている。こちらのほうでしか教授は会ったことがないらしい。人間が小娘の姿と幻獣の姿、どちらに畏敬の念を覚えるかといえば、幻獣のほうなのだ。所詮こけおどし。されど、こけおどし。

「お久しぶりです、幻獣リルリル様。フレイアはまともにやっていますか？」

「まともも何も今の余はフレイア様の弟子じゃからな。つまり、ミスティール様も大師匠ということで、とても頭が上がらぬ」

「ああ、代官様からの書状で軽く触れてありました。どこまで本気なのか測りかねますが」

「それはこの姿だからじゃろ」

そこでリルリルは娘の姿に変わった。室内なので、変身時の白い靄が目立つ。

「これなら、フレイア様の弟子ですと言っても違和感もなかろう？」

教授がどんな驚いた顔をするかと思ったが、そうでもなかった。ただ、しばらく無言ではいた。

あまり目の前の獣が人に変わる状況はないから、正解を探すのが難しいのかもしれない。

「なるほど。私としましては、フレイアがサボりすぎないように目を光らせていただければありがたいぐらいで。あとはお任せいたします」

教授が余計なことを言った。それからこっちも見ずに右手を後ろに向けて、私を指差した。

「あいつはやればできる奴なんですが、いかんせん、工房を持ってからの目標と呼べるものがないんです。支えてやっていただけますと幸いです」

おい、私のほうがリルリルの師匠だぞ。

「はっはっは！　やっぱり、そなたは親バカならぬ師匠バカじゃのう。なんだかんだと弟子がかわいくて仕方ないのじゃな」

今、教授がどんな顔をしているか回り込んで見てやりたい。こういうのは果敢に動くべしと回り込もうとしたら、その前に教授がこっちを向いた。

「しょうもない時にだけ、積極的になるな」

かなり強めににらまれたので、諦めて作業机に着席した。

教授は余っている椅子を持ってくると、そのまま作業机の隅に座った。

「今日は一日、営業の様子を見ておいてやる。しっかりやれよ」

「今日は閉店にしたいなあ……」


私は作業机で書庫から出してきた本を読んでいた。

いいかげんにしているわけではない。客が少ないので空き時間にだらけると、大半の時間だらだらすることになってしまうのだ。この工房が不人気なのではなくて、地方の工房というのは、どこでもこういうものだ。

教授もとくに注意をしてこないので、大きな間違いはないと考えることにする。

途中、リルリルが庭園に教授を案内してお茶を出したりしたが、そんな休憩時間（教授にとっても、教授の視線がはずれる私にとっても）を除くと、教授にじろじろ見られてすごすことになった。

このまま閑古鳥なら接客で叱責されることもないなと思っていたのだけど、閉店間際にドアが勢いよく開いた。

三十代なかばぐらいの女性だ。おそらく見たことのない顔。港から遠いほうの村の人か？　少し息が上がっているようだけど、病人本人ではないな。体力はある。

「錬金術師さん、子供が熱を出しまして……」

そういうわけか。これは真剣にやらないと。私はすぐにカウンターに出向く。

「なるほど。熱の期間と、熱以外の症状を詳しく教えてください。それと、変わったものを食べたりしていませんか？」

状況を詳しく聞かないと、薬草の処方もできない。

錬金術師は薬草を扱うが、医者ではない。なので、病名の特定はできない。やれることはあくまでも対症療法だ。

「昨日、体が濡れたまま昼寝してたから、それでおなかを冷やしたんじゃないかなと……。昨日の夜も少ししんどそうでしたが、熱が出たのは今日になってからで……。症状は熱以外だと痰が出ていたぐらいで」

原因ははっきりしているわけか。

「ふむふむ。でしたら体を冷やした可能性が高いですね。ポーションで体力を回復させてください。痰に効く薬草も出します。解熱の薬草も出しますが、熱が下がらない時にだけ使ってください。あんまり多用するべきではないので。もしこれで回復しないようでしたら、船で大陸に渡ってお医者さんを当たってください」

少し苦いと思うが、せっかく生薬のストックもあるので、こちらもポーションに混ぜる。この程度の調合ならたいして時間にならない。薬をすりつぶしたものをポーションのビンに入れるだけだ。

五分でお母さんに渡した。

「ありがとうございます。帰ったらすぐに子供に飲ませます！」

帰ろうとするのを、「お待ちください」と引き留めた。まだ言うべきことはある。

「お母さん、確率的にはたんなる体調不良の可能性が高いですが、一日や二日は熱ぐらいしか症状が出ない病気も多いんです。たとえば三日目から下痢になったり咳が激しくなったりなんてこともあります。変化があったら、また来てください」

「は、はいっ！」

「何が原因にしろ、水分をたくさんとって安静にしてあげてください。それと、食事は固形のものよりパン粥のようなやわらかいものを。胃も疲れてますから」

「本当にありがとうございます！」

大きな声であいさつをして、お母さんは去っていった。あのあわてぶりだと帰る途中にこけそうだけど、大丈夫だろうか。

私は、ふぅと息を吐いた。

常備薬めあてのお客さんの時と比べると、病人が出た時の仕事は緊張する。

責任の重さが全然違うせいだ。人の命がかかっている。

今回はただの体調不良であることを祈ろう。

やけに時間がたった気がしたけれど、壁の時計の針はほとんど動いていない。

「判断はあってたはず、あってたはず……。治りますように……」

ちらっと教授のほうを見たが、黙ったままだった。監査中に何か言うのはフェアではないという判断らしい。急病人の事案の場合はより詳しいあなたがしゃしゃり出てほしいなとも思うが、何も言わないままということは正しい処方をしたと信じよう。

そこからは栄養剤みたいなものがほしいというおじさんが来ただけで、閉店時間になった。

教授に何か言ってやろうと思ったが、こんな時に限っていない。リルリルとともにまた庭園のほうに行ってしまっている。

店の前のプレートを「閉店」にしようと立ち上がる。

そう間を置かず二人が戻ってきた。

「けっこう長く話し込んでたんですね」

「別にぶっ通しでリルリルさんと話していたわけではない。が、幻獣との話は新鮮だった。幻獣の知人はあまりいないからな」

ということは幻獣の知人自体はいるのか。教授の人間関係はどうなってるんだ。

「余も学院時代の師匠の話が聞けて有益じゃった」

リルリルはにやにやしている。

「まるで弱味でも握ったような顔してますね」

自分の過去を自分がいない場所で話されるのって、独特のストレスがある。

「今夜は港のほうに宿をとっている。フレイア、そこまで付き合え」

「えっ、港までけっこう距離あるのに――」

教授ににらまれた。

「喜んでご案内させていただきます」

じゃあ、ついでに課題も用意していくとするか。

◇

夕食は宿の一階に併設してあるレストランでとった。宿の中にあるのでこれまで気づかなかったが、こんな店もあったんだな。貝の出汁（だし）のきいたスープがおいしい。こんなもの、王都で食べたらとんでもない値段になるぞ。

だが、味のことなんてどうでもよくなった。

料理を給仕してくれるおじさんが、教授に向けてこう言ったのだ。

「二日続けてのご利用、本当にありがとうございます」と。

「えっ？　昨日から島にいたんですか⁉　今日、到着と聞いてたんですが……」

「そうだ。昨日のうちから島に入って代官様のところにあいさつに行ったり、村でお前の評判を聞いたりしていた。今日着くというのはお前用のウソだ」

悪びれることもなく、教授は言った。ったく、監査のためにそんなに全力を尽くさなくてもいいのに……。

「まあ、それでだな……話を聞いた限りでは」

教授はそこで焼いたタイの料理に視線を落とした。

「お前の評判は上々だ。薬というよりも、魔導具（アーティファクト）のほうで活躍しているようだが、人の役に立っているのならそれでいい」

私だけでなく、リルリルまでにやにやしていた。この人、弟子を正面から褒（ほ）めるの、恥ずかしいんだな。そういうところはかわいいな。

「何を笑っている？」

王都のゴロツキでも震え上がりそうな目がこっちを向いた。

「いや、褒められてるんだから笑ってもいいでしょ！　師匠が弟子を褒めたんだから、この場には幸せな人しかいないはずなんですよ」

「あまり調子に乗るなよ。薬の扱いはまだまだ手際が悪い。全体的に素人臭い。学生気分が抜けていない」

「褒めた分をけなして帳尻を合わせようとするのはバッドマナーですよ」

「いや、純粋にお前の技量の問題だ。知識はあるが、経験はしれているからな。これから上を目指すなら、もっと精進しろ」

　また向上心を持てと言われてしまった。

　とくに目指す上なんてないけど、と言うのはさすがに控えた。卑屈になりたくないのではなくて、教授が本当にがっかりしそうだったからだ。

　でもなあ、学生の時は必死に教授の指導についていったとはいえ、教授より上を目指しますというのは、錬金術で世界トップの実力になりますと宣言してるようなものだから、さすがに言えないぞ。教授は王家のお抱え錬金術師になっていてもおかしくない実力者だし、実際一度オファーがあったという話なのだ。

「今はこの環境に慣れるのが先かなと、そう思っています」

　ものすごく無難に答えた。

「そうだな。慣れていってくれ。それと、工房の働きのほうは見たが、お前、事前に出した課題のことを忘れてないか？」

　リルリルが私より先ににやりと笑った。

「ご心配なく。用意はしてあります。それでは、あとで悪代官のところに行きましょう」

悪代官と呼んだことは教授に叱られた。たしかに教授の手前で、羽目をはずしすぎた。


悪代官……ではなくエメリーヌさんは楽しそうに私たちを屋敷に招き入れてくれた。私たちはまた執務室に通された。教授と【念話器】で通信したあの部屋だ。

「まさか、二日続けてこの部屋に入るとは思いませんでした」

教授が少し戸惑い気味に言った。昨日の弟子の謝罪もここでしたらしい。

「今日はお客人として遇させていただきますから、ご安心を。当然、下手に出なくてもけっこうですよ」

エメリーヌさんも教授には丁寧に接するらしい。

「そなたがエメリーヌに水道関係の連絡を怠ったせいじゃからな。改めて反省せよ」

「リルリルも私に教えてくれなかったんだから、責任ありますよ」

私はリルリルを肘で小突いた。

「だが、どうしてここに呼ばれたのかはよくわからないのですが。もしかして、ここで誰かと通信でもするのですか?」

教授も執務机にこれ見よがしに置いてある【念話器】に目がいったらしい。しかも、今日は二台置いてある。【念話器】を知らない人でも、水晶玉が机に二つあったら、なんかやるのかとは思うか。

「いいえ、ハズレです。ただ、課題と水晶玉は関係あります。まっ、そろそろもったいぶらずにお見せしましょうか」

私は用意していたものを取り出す。小物が入る程度の小さな箱だ。

「これの中身が課題です。教授のために作りました」

「せっかくだから、この場で検分するぞ。まさか爆発したりしないな？」

「そんなものは持ち込みません。私も巻き込まれるじゃないですか」

教授は不審な顔を残しつつ、箱を開けた。それから中身をじっと眺めた。

「これは砂の絵か？　砂で描いたお前の肖像画か。いや、それにしても……精巧だな。胸像だが目に映ったままのような……」

教授が取り出したのは、絵が描いてある立方体に近い木だ。積み木にしては少し大きいし、どちらが上かも明確だ。木の表面に、写実的な私の絵が貼ってあるからだ。

もっとも描いたというより、砂を置いたと表現するべきだが。私にそんな絵心はない。

「このサイズ、そういえば水晶玉に映る像に近いな。魔力に反応して固着する砂を作って、それを使用した——原理はそんなところか」

「へぇえ、わかるんだ」とエメリーヌさんが感嘆のため息を吐いていた。エメリーヌさんにはすでに仕組みは話している。

「ご明察です。極めて細かい砂を色ごとに選り分けてから、魔力でひっつく力を与えました。あとはエメリーヌさんに【念話器】で通信をしてもらって、私の顔が映っているところに砂を置いていってもらいました。顔が映っている箇所はより強く魔力の反応が出ているので、そこにだけ砂がくっつくわけです」

「水晶玉には薄い布をかぶせておるので、直接はひっつかん」とリルリルが補足した。

あとは砂のついた布をはがして、木に貼りつける。

「正確には、絵の作成はわたしですけどね。フレイアさんの顔が映る【念話器】の前にフレイアさん本人はいらっしゃいませんから」

あっ、余計なことを。じゃあ、フレイアの課題とは呼べんなと言われたら困るじゃないか。

「悪代官……いえ、エメリーヌさんに砂絵のセンスがあって助かったのは事実です。砂を置くのが壊滅的に下手だと終わりですから。本当に写実的な絵になりました」

「【念話器】を使っているのでわずかに球面に映ったように曲がってますが、ゆがみもできるかぎり修正しました」

エメリーヌさんがどうだという顔をしていた。芸術全般の手ほどきを受けたことがあるのかもしれない。木にしわなく布を貼るのも上手(うま)いしな。

私の贈ったものは立方体の上と底を除く四面に胸像が描かれてある。どの面も全部私で喜怒哀楽の顔が描いてある。このあたりは当初の予定にはなくて、絵心のあるエメリーヌさんが悪ノリした。ついでに内部が空洞でもったいないからとオルゴールまで内蔵されている。

「フレイアが言っておったぞ。ミスティールは弟子の肖像画もちゃんと喜びそうだと。そこに錬金術の仕組みを入れれば肖像画と比べれば気恥ずかしくもなかろうと」

にやにやとリルリルは笑いながら語る。幻獣基準だと、この場の全員が正真正銘の小娘に見えている可能性はある。なら、ミスティール教授だっていきがっている子供と大差ないのではないか。

教授はばつの悪そうな顔をしていたが、しばらくしてから私のほうに近づいてきて、

「ああ、うれしいぞ。愛する弟子が肖像画を送ってくれるわけだからな。遠路はるばる　南の島まで来て様子を見に来たが、これで遠く離れても我慢できそうだ」

ほら、ちゃんと喜んでくれるじゃないか。私の考えは――

「だがな……」

おや、流れが変わったぞ。

「こういう時に自分の肖像画を贈るってどれだけ自意識過剰なんだ？　普通は相手の肖像画を贈るものだろうが……。その自信でいつか痛い目を見るぞ」

引いた顔で教授がこっちを見ていた。

「待ってください、待ってください！　普通は教授の肖像画だよなって常識ぐらいは私もありましたよ！　でも、制作過程をお聞きになりましたよね？　【念話器】の使用が前提だから教授の絵は作れなかったんです！」

こんなところで変な奴だと思われるのは心外にもほどがある。

そもそも課題を急に出されてなければ自分の顔を描いたものなんて作ろうとも思わんわーっ！

「あっ、まあ、それはそうか。かなり不自然な水晶玉での会話がいるとなると、難しくはあるか」

私たち二人のやり取りを幻獣と悪代官は完全に娯楽として鑑賞していた。

「やっぱ、人間が泣いたり笑ったりしてるのを見るのが一番面白いよね～♪」

「そうじゃな。あんまり悲惨なことになると気分が萎えるが、今回はそういうのもないからよい」

高みの見物をするな。だが、そのうちの傍観者の一人がいいことを言ってくれた。

「じゃあ、今からわたしがミスティール教授の砂絵の肖像画も作るということでどうかしら？　おそらく短時間でできると思いますけれど」

この一言のおかげで小さな額縁に入った小品の教授肖像画も渡すことができた。これで文句はないだろう。作ったのは私じゃなくて代官だけど。

ちなみに砂絵作成中、私は教授のそばにいたのだが、私の顔が描いてある箱について聞かれた。

「で、これの魔導具(アーティファクト)……魔導具？　まあ、魔導具の名称はなんと言う？」

そんなもの、もちろん考えてはいなかった。

「【弟子の思い出箱】です」

「名前にセンスがない」

これには私も自覚はあった。

教授がぽんと箱の上を押した。

物悲しいのか陽気なのかよくわからんオルゴールが流れた。

◇

翌日、教授の乗る船が出る時には、店を臨時休業にして、見送りに行った。リルリルは獣の姿で行こうとしたが、港で騒ぎになるおそれがあるので、人の姿でお願いした。島の外の人間は幻獣を見慣れてない。

港で教授は【弟子の思い出箱】を手に持っていた。

それ、あまり持ち歩かないでほしい。ここには本人がいるので。

「卒業して間もないから、そりゃ、変わってないわな。とはいえ、安心はした」

「ええ、大船に乗ったつもりでいてください」

胸を張ったら、頭を小突かれた。「お前の不手際の謝罪も兼ねているんだぞ」と言われた。そうだった。

「リルリルさん、今後ともフレイアをよろしくお願いいたします。島にそびえる山に分け入れば一年のうち一度や二度は危険があると思いますので」

「わかった。調子に乗らぬように見張っておくのじゃ。にしても、そなたは落ち着いておるのにのう。誰に似たんじゃ？」

「フレイアの軽薄なのは生まれつきです」

おい、本人の前で悪口はやめろ。

「ですが、軽薄でも人助けはできるし、いい人間にもなれます。親の顔がわからなくても、こいつの人間としての価値は下がりません」

帳尻を合わせるように教授が言った。同時に少し強めの風が吹いた。

教授の長い黒髪がはためいた。王都から離れても錬金術師の貫禄のようなものを感じる。何も知らない人は大物の貴族が来ていたんだなと思っているだろう。

この人を超えることは現実的にいって無理かもしれないが、違う方向性で目立つ錬金術師になるぐらいならできるかもしれない。

まずは工房をまともに一年、二年と経営するのが先だが。

後ろからリルリルが私の背中を押した。

また教授と私の距離が近づく。

今更お元気でと言うのも変だから、私は教授の手をぎゅっと握った。手の大きさに関しては私も教授も大して変わらない。

「しっかりやれよ、同業者」

教授が珍しく微笑んだ。ああ、もう私もプロの錬金術師なのだ。その点では教授と対等だ。

教授はゆっくりと大陸へ向かう船の中に消えていった。

港から背を向けた私にリルリルがハンカチを差し出してきた。

「二人とも気丈じゃなと思ったら、顔が見えなくなった途端に泣き出しおった」

「私、こんな涙もろい性格じゃないはずなんですけどね……。最近よく泣いてますね」

私はハンカチを受け取って、目に当てた。

ミスティール教授、あなたの弟子をやれて幸せです。

「今頃、船の中で向こうも泣いてますよ。教授は大物すぎる錬金術師であるがゆえに友達がいないんですよ。会う人はあの人を尊敬の対象にしますから。私は弟子ですけど少しだけ友達だったんです」

「いちいち言うな。余も偉大な者の孤独はまあまあわかる」

今のところ、大きめの雲が浮かんではいるものの、空は晴れている。教授が大陸に着くまでは嵐なんて来ないでくれと殊勝に私は祈った。

第九章 片想い地面

今日の私は珍しく朝から村を散歩をしている。

これだけ見ると健康的な生活だが、リルリルに「天気もいいし、散歩に行くぞ」と連れ出されたのだ。自発的な行動ではない。

「昼になると暑いぐらいになるが、朝方はちょうどいいのう」

人型のリルリルが空を見上げながら言う。

「獣の時のリルリルは余計に暑そうですよね。毛皮脱ぎたいって思ったりしないんですか?」

「あのなあ……暑ければ夏毛になるし、寒ければ冬毛になるぞ。獣だってちゃんと調節しておる。この島は冬でもぬくいがのう」

「そおぅ……でふか」

あくびが出かかった。もう一時間眠りたかったなあ……。

「睡眠時間は足りておるはずじゃぞ。朝に太陽を浴びればだんだん朝型になる」

「そんなに朝型になりたくもないんですが……」

「そなた、ミスティールに会ったばかりではないか。今ぐらいは真面目にやれ。ふざけすぎると、あの水晶玉でミスティールに訴えるぞ。今日の夕方も散歩するからな!」

Chill and Airy Memoirs of the Alchemist's Remote Island Frontier

なんか、リルリルから飼い犬のように扱われている気がする……。

でも、料理作ってもらったり、掃除を手伝ってもらったりしてる現状だと、そんなに間違ってもいないか。

「私が真面目になるのは簡単ですよ。でも、それは禁忌なのでやってはいけないんです」

「なっ？　錬金術だと性格までコントロールできるのか？」

「一時的に集中力が倍加して、そのあと長時間だらけてしまう薬なら作れますよ。でもそれって——」

「皆まで言うな。たしかに禁忌の成分が入っておりそうじゃな……」

異様に快活になったり、集中力が増したりする薬を人は麻薬と呼ぶ。そして、ひどい常習性と禁断症状をもたらして、人の精神を破壊する。製造すればその時点で犯罪だ。

「なので、やむなくだらけているわけです。まあ、だらけはしても、サボりはしないから許してください」

早朝なのでまだ村の市場などもやっていない。

ただ、港からの馬が何頭も村にやってくる。市場で売るものを港から運んでくるのだ。

「馬も元気にやっておるようじゃな。どうじゃ、海のほうでは何か変わったことはあったかのう？」

リルリルは人から獣の姿になると、馬のほうに近づいていく。

それからしばらくリルリルが無言でうなずいたり、馬が鼻を鳴らすことが続いた。

何してるんだと思ったが、しばらくしてリルリルはこっちに戻ってきて、人の姿になった。

「馬と話をしてきた」

「発音はほぼなかったと思うんで原理を知りたいですが、人間の知性の限界ということで大目に見ます。何の話をしてたんですか。今日は晴れてよかったねえみたいなことですか？」

だが、リルリルは少し冷めた様子で首を振った。あまり楽しそうな雰囲気ではない。

「たまに街道で魔物を見かけることがあって、気味が悪いと言っておる」

「魔物⁉」

おいおい、のっぴきならない話だぞ。

ちょうど、そこにクレールおばさんがやってきた。私たちが村を歩いているのに気づいたらしい。

「魔物の話かい？　キャベツ畑もよく荒らされるよ」

「魔物って、この島、何が棲息してるんですか？」

錬金術師という職業柄、島の植物は意識していたが、動物（魔物も含む。なお両者の区別はあいまいだ）には関心を払ってなかった。猟師の人が仕留めているぐらいの発想だった。

だが、よくよく考えれば、薬草採取の途中に襲われても困るので、ある程度のことは知っておくべきだ。

「山のほうにはいろいろ棲んでおるようだけどねえ。人間を襲うほど凶暴なのはそんなに見ないよ。イッカクジカの角は怖いけど、人を見るとだいたい逃げるし」

イッカクジカって動物なのか魔物なのか。微妙なラインだな。

「ワカレミチだとかイッカクジカだとかシカの仲間ならキャベツもかじりそうであるな。あやつらは完全な草食じゃし」

リルリルも腕組みして話に入ってきた。魔物にも詳しいなら話を任せてしまいたい。

「いや、それがねえ、シカっぽい噛み痕でもないんだよ。畑で現物を見るかい？」

クレールおばさんとの人間関係は私のライフラインのようなものなので、もちろん同意した。


ほぼ完食されたキャベツがおばさんの畑に転がっていた。

「芯の硬いところ以外、ほとんど食べてますね。生産者への敬意すら感じます」

「呑気なことを言うな。タダ食いに敬意も何もないわい」

リルリルが私の腰をぽんと手の甲で叩いた。

「いや、フレイアちゃんの言うことはわかるよ。ちょっとかじっただけという様子ではなくて、一玉もぐもぐ食べてるからね。これでお金置いてってくれたら解決なんだけどさ」

出たぞ、農民ジョーク。全世界の農家で似たジョークが飛び交っている気がする。

「被害はまだたいしたことないけど、これが広がるようだと困るねえ。いつも頼んでばかりで申し訳ないけどフレイアちゃん、どうにかしてもらえないかい？」

「これも工房の仕事ですから真面目に考えさせていただきますよ」

私の口から真面目という単語が出たせいで、リルリルが鼻で笑った。だから、私はサボりはしないのだ。朝が弱いだけだ。

「魔物に食われないようにする……これはちょっと難問ですね。虫よけの農薬なら作れますが、キャベツをかじった犯人はそんなものでは止まらないので」

キャベツ一個をぺろりと食べるということは、犯人は野ネズミのサイズじゃない。

「犯人が食べて動けなくなる薬なんて撒布したら、野菜を食べる人間にも被害が出るおそれがあります。それでは野菜が商品にならないので、薬以外の解決策がいりますね」

「嫌なにおいを出すとかはどうじゃ？」

「野菜に嫌なにおいがついたら困ります」

「槍の入った落とし穴でも作るか？」

「村の人が落ちたら死にますよ！　数だけ言えばいいってものではないですからね」

リルリルは考えるより先に動きたいタイプらしい。気持ちはわかるけどな。私も幻獣ぐらい、体の自由度がきけばとりあえず動こうとするかもしれない。

「こういうのが出没するのはどうせ夜中か明け方じゃろ？　余が見張ってやろうか？」

リルリルが自分の顔を差した。

たしかに幻獣のリルリルが畑にいたら、魔物は誰も寄ってこないだろう。

でも、その案も却下だ。

「ダメです。一日、二日だけ見張って解決するものではないので」

「そうじゃな、犯人のほうをどうにかするしかない」

「それにリルリルが朝から出張って、私の朝ごはんを作ってもらえなくなったり、起こしてもらえなくなったりすると、私の業務に滞りが出ます」

「自分で起きるという選択肢は存在せんのじゃな……」

リルリルはあきれていた。

「何をいまさら。錬金術師というのは人の生活を楽にするために存在しているんです。これは私の仕事です。リルリルは弟子として私を支えるのが仕事です」

「そなた、口だけは達者じゃな。けど、友達できんタイプの弁の立ち方……」

「人格批判はいただけませんよ」

クレールおばさんが私たちを笑って見ていた。そんなに笑われることをしたつもりもないけどな。

自分に正直に生きているからな。

こうして課題が見つかったりするわけで、朝の散歩はしてみるものだ。

リルリル、散歩に連れ出してくれて、ありがとう。

◇

私は工房に戻ると、薬やら石やらをテーブルに並べた。リルリルも助手らしく娘の姿で横に立っている。

「やっぱ、毒系は使えませんね。違う方法からアプローチを考えねば」

巨大な獣を捕らえる方法というと、何があるだろうか。

本棚に使えそうな本がないか調べたが無駄だった。

「大型の獣代表としてリルリルに聞きます。大型の獣を捕獲する方法といえば、どういうものがありますか？」

「余を大型の獣として扱うな。幻獣はもっと生物の階梯が上じゃ」

リルリルに腰を持たれて、引っ張り上げられた。

「まあ、私よりは詳しいかなと思いまして。私の知識は錬金術に特化してるので、一般教養はリルリルのが強いです」

「最初からそう言え」

リルリルは私を持ち上げたまま言う。

「よくあるのは罠を使用する方法じゃろ。たいていは踏むと作動する。そなたもトラばさみだとか、落とし穴だとかは知っておるよな？」

「あ～、踏むと、鋭い歯が両方向からやってきて、ザクッとなるやつですか」

「今回の場合、ザクッはまずいがな。そなたが言ったように、人間が踏んでも安全にしとかねばならん」

「ですです。村の人が大ケガした時点で島にいられなくなります」

「畑ではなくて、もっと山中に設置するなら許可を得ればいけそうじゃがな。猟師だって罠も仕掛けはするじゃろ」

「なるほど、いい落としどころですね。ただ、一つ問題があるとすれば……」

私はリルリルに抱えられたまま、手で×を作った。

「それ、錬金術師の仕事じゃないですね。まさに猟師の管轄かと」

「ほぼ何でも屋みたいなものじゃろ」

「とはいえ、猟師の仕事を奪うことになってもよくないので」

ようやくリルリルは私を床に降ろした。

「余も内容的に猟師の仕事じゃと思う。だが、この島に専業の猟師はおらん。農業の片手間にシカを捕らえる者がおるぐらいよ。そんないい罠は作れん。だから、そなたに話が来たのじゃ」

「そうなんでしょうね。私の仕事の範囲でどうやって獣と対峙するか……」

ぐいぐいとリルリルが腕を引っ張る。

「煮詰まってる時は散歩じゃ。歩きまくればそのうち解決策を思いつく」

「リルリルが体動かしたいだけでしょ」

テーブルや書斎で唸っているのは楽しくないのは事実だし、別にいいか。


集落とは逆側に私たちは歩いた。

方角としては庭園のほうだ。こっちはすぐに湿った森に入る。

現在、この先に住居は存在しないので道らしい道もないのだが、前からリルリルが平気で歩き続けていたため、なんとなくの道ができはじめていた。

人が歩くとそこが道になるという言葉があるが、本当にそうなりだしていた。

道はできはじめで、私一人でなら歩く気はしないが、リルリルと一緒なら通ってもよいかなというラインだ。

「よくこんな道を歩いてますよね。猛毒を持ってるカエルでもいそうですけど」

「そんなのがいたら、それはそれで素材として使えるではないか」

このあたりを歩くと、知らないうちに泥で汚れるので、私の服は散歩用の汚れてもいいようなものだ。間違っても薬の調合で着るような白衣では出歩かない。

リルリルもたまに白い毛並みを茶色くさせて戻ってくることがある。

「カエルか～。一理あるんですけど、あんまり解剖したりしたくないんですよね。見た目が生き物なものを使うのは抵抗があります。学院はあまり動物から成分をとることはしない流派なので助かりました」

「なんだ、錬金術にも流派なんてあるのか。なんだか武術みたいじゃな」

リルリルには話したことがなかったか。

私以外の錬金術師に会うことがなければ、私の指導が唯一の正解に見えてしまってもおかしくはない。

「いくつもありますよ。といっても、カエルやヘビの種類ぐらい多くあるわけではないです。少し胡散臭い(うさんくさ)ものも含めて、五つは流派があります。流派を自称してる人とか加えればもっと増えるでしょうが」

読んでおくようにとリルリルに渡した本に書いてなかったかな？　そうか、初学者に錬金術師に流派があってあまり仲が良くないなんて紹介はしないか。

「錬金術というのは今でこそ体系化されてますが、それこそ『クズ鉄から黄金を作ればがっぽがっぽ儲かるぞ』なんて発想で薬草や鉱石を研究しだした魔法使いがはじめたものなんです」

「欲望が露骨で、余はそういうの好きだぞ」

「なので、スタート地点もバラバラで、流派も自然と生まれていったわけです」

「一つの大きな幹から分派したのではなくて、各地で別のものが勝手に出たのだな」

「その理解でおおむね正解です。すごい師匠の弟子同士が対立して別の派閥を作ることもありますが、主要な流派のスタート地点からして全然違うわけですね」

説明してるうちに私も熱が入ってきた。

学院で概論を楽しそうに話す教師の授業は眠かったが、話すほうはまあまあ面白いんだな。だからこそ、聞く側のことを放置してしまうのか。自分は楽しいから油断する。

「国から公認されているのは二つの流派だけで、私が学院で学んだのはそのまんま『公認派』というものです。普通、錬金術師といえばこの『公認派』を——うああああっ！」

急に体ががくっと下がった。

泥の中に足が入っている！

「ぬかるみを踏み抜きおったな。このへんはやわらかい地面が多い。気をつけよ」

「げっ！　また、底なし沼ですか⁉」

今度はリルリルではなくて私が沈むのか！　杖を持ってくるべきだったか……。

「いや、それほどではないぞ。ほら、浅い、浅い」

「あっ……ほんとですね。別に沈んではいない……」

私は近くの木に手をかけて、転倒しないように靴を抜いた。

たしかに、靴が見えなくなる程度の深さで、沼と呼ぶのもおこがましい。

それでも、足の自由が利かなくなると焦る。瞬間的でも恐怖を覚えた。どうせなら体験せずに済ませたい。

待てよ。

これだけの恐怖と不快感を与えさせれば――警告にはなる。

ただ、たんなる泥ではダメだ。抜け出してしまえると誰でもわかる。

安全で、かつ抜け出せない泥なんてものがあれば……。

ないのなら、錬金術で作るか。

「それで、『公認派』以外の流派にはどんなものがあるのじゃ？」

「解説は中止です。工房に帰りましょう」

「なんじゃ、泥にはまって気分を害したか？」

面白そうにリルリルが言った。少しイラッとするので、余計ににやりと大物っぽく笑ってやった。

「いえ、気分は最高に晴れやかですよ。なにせ、解決策を思いついたので」

リルリルが口笛を吹いた。やるじゃんという意味だろうけど、育ちの悪い態度だな……。育ちの悪い守り神って何なんだという話だが。

「工房にある植物でひとまず実験です。あと、工房での実験が上手くいったら、採取したい植物があるんですが、休日に手伝ってもらえますか？」

小雨がぱらつく中、私たちは朝から森の中に入った。

青翡翠島に引っ越してから感じたことだが、雨がけっこう多い。かといって、雨を避けて行動しますなんてことをすれば、スケジュールが延び延びになる。困ったことである。

「つかまっておれよ。今回は植物の場所はわかるからな」

「言われなくてもつかまってます！　速度が出すぎです！　危ないです！」

リルリルは私の腕を持って、どんどん森に突っ込む。自分より小さい女子に誘拐されてるみたいである。

時折、ジャンプしないと草に足をとられて転びそうになる。錬金術師にこんなアクション要素は必要ないはずなのに……。

ただ、目的の植物自体は簡単に見つけられた。不幸中の幸いだ。

「おっ、着いた、着いた。これじゃろ」

リルリルが急に止まったので、私は背中にぶつかった。人の姿の時はあまりもふもふしてないので痛い。人間すべて獣みたいにもふもふにならないものか……。

そのあたりにはハート型の大きな葉が広がっていた。

「ヤマノイモの仲間のアクマドコロですね。温暖な地域では、茎の部分が大きく肥大する植物があるんですが、これもそうです」

この種類の植物は滋養強壮の薬として知られているので、ほとんど野生種を見たことがないのに、なじみがあるように思えてくる。

「フレイアよ、これは食えんぞ。地下の部分も茎の部分も食うと中毒を起こす、島の人間は知っておるから手をつけん」

「でしょうね。アクマドコロという名前で毒がなかったら逆に驚きです。あくまでも、野菜泥棒の捕獲に使うだけですよ」

「ん？　茎で足でも引っかけるつもりか？」

草で足を引っかけそうになったのはここに来るまでの私だ。

「この植物から粘着力を拝借するんです。もはや、答えは言ったようなものですね。このへんを掘っていきます――って、リルリル、手で掘るのははしたないですよ！　スコップは持ってきてます！」

私たちはアクマドコロの根茎を持って帰った。

リルリルは葉っぱも持って帰った。葉の形がかわいいので花瓶にでも活けるという。

幻獣より風流を解しない十代の女子というのは、ちょっと極端かもという気もするが、風流でごはんは食べられないのだ。

後日、私たちは昼のうちにアクマドコロの成分から開発した罠を村の畑の前に設置した。人が誤って罠にかかると大惨事なので、情報の周知徹底はマクード村長にお願いした。

翌日はまだ薄暗い時間に起きた。といっても、リルリルに起こされただけである。罠にかかってないかなとわくわくして寝られなかったわけではない。

「罠の効果が気になってあまり寝つけんかったわ」

リルリルは少年の心を持っていた。少女の見た目のくせに。

「罠にかかったかどうかの確認なら、十分に明るくなってからでもいいと思うんですけど……」

「じゃあ、今日は乗せていってやろう」

リルリルが幻獣の姿になったので、乗る前にぎゅっと抱きついた。もふれる時にもふっておかねば！

「なかなか出発できん！　もう終わりじゃ！」

「ケチなこと言わないでくださいよ、このまま毛の中で二度寝したらさぞかし気持ちいいのに……」

「早起きの意味なくなるじゃろ！　キャベツ畑に行くぞ！」

格好をつけて白衣を羽織った。散歩じゃなくて仕事だからな。

畑が近づいたところでリルリルは人の姿に戻った。二人で畑に寄っていくと、遠目にも何かがじっとしているのが見えた。

それと、すでに村の人たちが集まっていて、人だかりになっている。

「おっ、大型のサルの魔物だな」

「キーッ！　キキーッ！」

赤ら顔をした私の体ぐらいのサルが、ベトベトの粘液に絡まって動けなくなっていた。

「【片想い地面】、無事に成功しましたね」

「なんでそんな変な名前なんじゃ？」

どうもリルリルはこの名前がお気に召さないらしい。

「魔物のほうは離れたがってるのに、地面側が許してくれないからです。状況をよく表してると思ってるんですが」

「そんな抒情的な名前からは想像できんほど効果が悪質じゃ。もがけばもがくほど体の毛がひどいことになっておる……」

「それだけアクマドコロの粘着力の成分が強力だったんです。すりつぶしただけでも、相当粘っこかったですからね」

アクマドコロの根茎（ヤマノイモなどでイモと呼ばれる部分）はすりつぶすと、ヤマノイモ以上の強い粘着力を発揮する。

この粘着力を魔法でさらに強化して、罠として畑の周囲に設置したのだ。

「あと、片想いは愛らしいことでも何でもないですよ。恋愛沙汰で退学になった学生もいます。やはり学生は色恋に浮かれてはいけなかったんですね。私はノーダメージでした」

リルリルが寂しいものを見る目でこっちを見たが、コメントは差し控える。

「ところで、すりつぶした時に粘液がついた腕がかゆくなったのじゃが、これはどういうことじゃ？」

「かぶれたのだと思います。片想いはかくも悲惨なのです」

私も手がちょっとかゆくなった。多少はやむをえない。

「ということは――」

リルリルの視線が被害者（いや、加害者か？）のほうに行く。

「全身にねばねばがかかってるこのサルはとんでもないことになっておるわけか……」

「ケガよりマシですよ。無益な殺生をしない、素晴らしいじゃないですか」

「ちなみに、こやつ、『かゆすぎて苦しい！　助けてくれ！　いっそ殺してくれ！』と言っておるぞ」

「ふふふ、無益な殺生はしません」

まあ、苦痛も与えてはいけない気はするが、何の苦痛もなければまた繰り返すからな。二度と泥棒をしないと思う程度の抑止効果はいる。

「フレイアちゃん、助かったよ。レッドオーガザルの仕業だったんだねえ」

聴衆の中からクレールおばさんが出てきた。

「キャベツをやけにきれいに食べてるなと思ってたんですが、両手を使ってたんですね。シカだとああはいきませんもんね」

「ところで、サルはどうしたもんかねえ？　反省したなら逃がしてやりたいんだけど」

サルはもがいて、余計ぐちゃぐちゃになっている。かゆいのをまぎらわすためにも暴れてしまったのだろう。

「ええ。助ける準備もしてきてはいます」

私は白衣のポケットから粉薬の入った小ビンを取り出した。ねばねばと反応して、サラサラにしてしまう薬品だ。

「しか～～し、これでまた明日、キャベツを狙いに来られると、根本的な解決にならないんですよね。リルリル、どうです？」

リルリルが人の姿のまま動けないサルのほうに顔を近づけた。

しばらくしてからリルリルがこっちに顔を向けた。

「すまんかったと言っておるな。そのうち捕まると思っていたが、腹が減ってたまらんので犯行を繰り返したそうじゃ」

そりゃ人の姿でも相手の声はわかるか。サル側が聞かれてると思ってるかはわからないが。

今の魔法と錬金術の力では、魔物や動物と完璧にコミュニケーションはとれないので、リルリルの存在は反則みたいなものである。

「言葉自体は信じましょう。ただ――」

もう少し突っ込んで確認しておくべきことがある。

「魔物って人里離れた、山のほうに棲んでますよね。そんなに食糧、不足してます？」

人間の場合、穀物の収穫時期の手前が最も餓死者が多いという嫌なデータがある。一番食糧が枯渇する時期がそこだからだ。

だが、飢えが問題になるのは前年が大凶作だとかいった場合のことだ。

「去年も今年も、南方で大寒波が襲ったなんて話もないから、果実ぐらいはあるんじゃないですか。山の木が不自然に枯れているなんて現象も見ていません」

「もっともな話ではあるのう。事情聴取じゃ」

リルリルが白いオオカミに戻った。本格的にサルと会話を行うつもりか。

たまにサルのキーという声が飛ぶ。

そのたび、リルリルの顔が曇っていく。

何かよくないことがあったらしい。尻尾がいらついたように上下に強く動いた。

「リルリル、正直言って聞きたくないんですが、何があったんですか？」

「山に超大型の魔物が棲みついて、こやつらは餌場に近づけんそうじゃ！」

本当に聞くんじゃなかった……。

私は呆然と山のほうを見上げた。

キアアアア、キアアアアアアアア。

そんな金切声のような耳障りな鳴き声がうっすらと聞こえてくる。

「なんだい、ありゃ……。あんな鳴き声は聞いたことないよ」とクレールおばさんがふるえるように手を振った。

これは大事になってきたぞ……。

第十章　好戦的水道

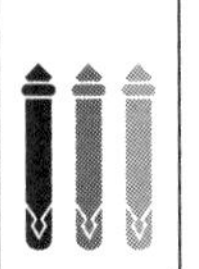

Chill and Airy Memoirs of the Alchemist's Remote Island Frontier

結局、ねばねばに絡(から)まっていたサルはサラサラにする薬液をふりかけて、山へ帰した。

ただ、食べるものがない状態で魔物に耐えろというのもひどい話なので、村と協議した結果、飢えた魔物用に商品にならない野菜を集落の外れに置いてもらうことにした。魔物側も捕まるリスクはないほうがいい。

サルはリルリルの翻訳によると「ありがたい」と言ったそうだ。落としどころとしては悪くない。

もっとも根本的な問題は何も解決してないのだが。

「超大型の魔物というと、どんな大きさなのかのう？」

【片想(かたおも)い地面】のメンテナンスをしている横で、リルリルが私がわかるわけがないことを聞いてきた。

「リルリルも知らないということは、新入りの魔物ということですか？」

なお便宜的に魔物と言っているが、本当に魔物かはわからない。確認がとれるまでは魔物として扱う。

「昔から住み着いておるなら、サルたちの食糧問題も昔から起こっとるじゃろ」

「たしかに。ちなみにリルリルの家族が迷惑かけてるってことはないですよね」

「そんなものはおらん。幻獣(げんじゅう)というのは神に近いからの」

本当かなあ。リルリルの家族関係自体はかなり気になるが、聞くべきではないな。複雑な家庭なのかもしれないし、親に捨てられた私が家庭問題に首を突っ込むのはおかしい。

「今日は工房、一時間だけ開けましょう。そこからは調査ということで」

「緊急事態じゃから、大目に見よう」

弟子が大目に見てくれるらしい。

昼に聞き込みを行ったところ、脅威は知らないうちに迫っているようだった。

何頭もの馬が奇声を耳にしたと話した。街道を通る馬たちにとってみれば、もはや常識となっていたらしい。キアアアアアという不気味な鳴き声が山から轟くという。

港で働いている人も山のほうで何か大きなものが飛んでいるのを見たと言っていた。

で、港で話を聞いている時に、見覚えのあるメイドさんに声をかけられた。

「錬金術師のフレイアさんですね？　代官様が来てほしいと……」

魔物の話でなきゃいいんだけどな。石鹸の話でありますように……。

「山のてっぺんに巣食ってる怪鳥の話はご存じかしら？」

「石鹸の話ではなかったか……」

私は頭を抱えた。

執務室の壁には人相書きみたいな怪鳥の絵まで貼(は)ってある。体つきはふっくらとしていて、猛禽類(もうきんるい)のような殺伐(さつばつ)とした感じはしない。胸のあたりはふわふわして柔らかそうである。おっ、クッションとしての適性は高そうだぞ。

だが、迷惑をかけてる鳥なのは間違いない。代官の側からすれば犯罪者と同じ扱いだ。

「ちょうど今日知りました。それと、魔物は鳥で確定なんですね」

「怪鳥のせいで、レッドオーガザル、ケムクジャライノシシ、イッカクジカ、ナガミミアライグマ、その他、大型の獣や魔物が山のほうから逃げ出したりしていて、生態系に問題が生じてるようなの。わたしもゆゆしき事態だと考えてる」

「けっこう獣いるんだな！」

ナガミミアライグマってどんな見た目なんだ。少し見てみたい。

「まだ鳥の詳しい情報までは集まってないけれど、山で暮らしてるのは確実ね」

リルリルは人相書きをじろじろ嘗(な)め回すように見た。

「こりゃ、ロック鳥(ちょう)じゃな。魔物でも最高位の奴(やつ)じゃ」

やはりリルリルは獣についてよく知っている。

「こやつは住みやすそうな山や森を見つけると、そこを一羽で縄張りにする。この島の山は周囲のどこからもよく見える独立峰じゃろ。こやつが見張るのにはうってつけじゃ」

「引っ越すのは勝手ですけど、住民トラブルは困りますね。先住者への配慮はしていただかないと……」

「他人のことを考えるような鳥ではないぞ。同種の群れすら作らず、孤高を決め込む。知能も人間と変わらぬぐらいに発達しておると言うしな。こやつが居座ってる限り、ほかの獣は山で飯が食いづらくなって、どんどん人里に降りてくる」

それじゃ、猟師の人は大変だろうな。これまでと違うところで獣と出くわすことも増えるのか。

いや、そんな他人事で済ませられる話ではない。

「私も植物採取でうかつに森や山に入れなくなりますね……」

「無論、そなたに気づいたロック鳥が攻撃してくるし、生息域を変えた魔物に出くわすおそれもある。まともな採取は難しいと考えたほうがよいぞ」

私は天を仰いだ。天井には派手すぎない品のいいシャンデリアが浮かんでいる。

「それ、工房の大ピンチじゃないですか……」

もっとも、悪代官が認知してるというのは心強い。なにせバックに伯爵家がいる。

大陸から軍隊でも派遣して退治してくれるだろう。なんとかそれまで耐えれば……。

「エメリーヌさん、伯爵家から兵を集めて可及的速やかに追い出してください」「フレイアさん、あの鳥を追い出すことってできない？」

私とエメリーヌさんの声が重なった。

ん？　なんかおかしなことを言われたような……。

「エメリーヌさん、ここは代官の権力で軍隊を派遣して厄介払いしていただきたく――」

「フレイアさんの錬金術で撃退できない？」

おかしい。話が通じないぞ。

「あの……たしかに錬金術師は何でも屋っぽい側面はあります。水路や街道の修理にまで一枚嚙みました。ですが、今回は無理です。これは領地が荒らされてるのと同じですから、代官様で対応する案件です」

私は冒険者じゃない。ロック鳥になんて勝てるわけがない。

「それはわかってる。でも、わたしにも事情があるの」

「そうですか。まあ、本当に錬金術師の私に協力を仰ぎたいっていうのなら、手伝わなくもないですよ。錬金術師フレイア一人なら。この島で暮らす以上、やれることはやります。でも――」

私は横目でリルリルに視線を送る。

それから、再度エメリーヌさんの顔を見つめた。私は詰問するような顔だったはずだ。

「手伝ってほしいのは本当にこの若い錬金術師一人でしょうか？　ほかに思惑ありません？」

「フレイアさん、それは……その……」

言い淀んだそれが答えだ。

「差し出がましい発言をお許しください。エメリーヌさんは私に依頼をしたいんじゃなくて、私の弟子である幻獣リルリルの力でロック鳥を追い払ってほしいんでしょう？」

私はリルリルの背中に手を置いた。

リルリルがどんな顔をしているかわからないが、今はどうでもいい。私は私の責任を果たすだけなのだから。

「リルリルは偉大な幻獣です。見事、敵を撃退できる可能性もあるでしょう。しかし、今回は敵の実力も未知数。弟子を危険な役目には出せません」

ここは毅然(きぜん)とした態度で。

大きいサルをどうにかするのとは話が違う。ロック鳥とリルリル、どっちが強いかまったくの謎(なぞ)なのだ。

私は腹が立っていた。

コマとして使われるのはまだいい。

身近な誰(だれ)かがコマとして使われるのは納得いかない。

「錬金術師は何でも屋みたいなものですが、守護幻獣は何でも屋ではありません。もっと確実にロック鳥を追い払う手段はこの世界に存在するはずです。その手段を使う前からリルリルを動員するのは守護幻獣への敬意を欠いているのでは？」

難しいことを言ってるが、つまり「弟子を都合よく危ない任務に使うな」ってだけの話だ。ただ、それを交渉の場に適した言葉に変換している。

ミスティール教授は私がどれだけ孤立していても、見捨てたりはしなかった。弟子の才能を信じてくれた。

教授、私は錬金術師らしい振る舞いができてますか？

弟子のために正しい道を選べていますか?

「筋の通らないことを言ってはいないと思います。おかしな点があれば、おっしゃってください」

またエメリーヌさんはにやにや笑って難題を吹っかけてくるかと警戒していた。なにせ悪代官だからな。私より若かろうと代官なんて人をコマとして使うのが仕事みたいなものだから。

でも、案に相違して、エメリーヌさんは神妙な顔をしていた。

「フレイアさんの言ってることは正論よ。『これは領地の侵略だ。だから、伯爵家が軍隊を出してどうにかしろ』、まったくそのとおり。でも、それは難しい……ううん、不可能」

エメリーヌさんはおおげさに首を横に振った。

「伯爵家からしたら、この島は数ある所領の一つにすぎないし、しかも大きな鳥が山に巣を作っただけとも言える。わたしが分家の取るに足らない女なのと同じようにね」

頭痛がするみたいにエメリーヌさんは頭を右手で押さえた。

「伯爵家はこの件を領地の侵略とはとらえない。だから、軍隊は派遣されない。島の人間が暮らせなくなってるなら話も違うだろうけど、そうはなってない」

「ド田舎(いなか)の島に大きい鳥が棲(す)みつきましたという話で処理されるというわけですか」

「だから、リルリルさんの力を貸してほしいと泣きつくぐらいしか切れるカードがないの。代官の権力なんてそんな小さなものなの。鳥一羽追い払うこともできやしない……」

そこまで言ってエメリーヌさんは私たちに深く頭を下げた。

「錬金術師フレイアさん、どうか、この青翡翠島(あおひすいじま)を助けてください。代官エメリーヌとして伏してお願い申し上げます」

丁寧に、貴人に向けての礼を、彼女は私なんかのためにやった。

これが彼女なりの全力なのだ。決してクソガキの代官ではない。今後も島に危機が降りかかれば、この人は全力を尽くして島を救おうとするだろう。

「頭を上げてください。私がただの意地悪で言っているわけではないと、エメリーヌさんもおわかりかと思います。もちろん、私もエメリーヌさんの誠意はよく伝わっています。そのうえで――平行線なんです」

エメリーヌさんはゆっくりと顔を上げると、

「…………そうね。これ以上の無理は言わない」

両手を広げて苦笑した。

「こんな時、もっと権力があればって思っちゃうな。自分が伯爵の長女なら、すぐにどうとでもなったなって」

顔は笑ってはいるけど、この人もつらいだろうな。

怪鳥を追い出せる可能性があるのがリルリルだけだったら、そこに懸けるしかない。

私も逆の立場なら、同じことをする。

「伯爵家に増援要請を送り続けることにする。伯爵家も三回なら無視できても、十回続けば重い腰を上げるかもしれない。あるいは、いっそ領主の分身であるわたしがロック鳥にケガでもさせられたとなったら……」

「そんな生贄(いけにえ)になるような真似(まね)は冗談でもやめてください！　笑えませんよ」

エメリーヌさんが本当にろくでもないことをしそうな気がしたので、私は強い語調で言った。

「でも、発想としては悪くないでしょ。わたしも死ぬ気まではない。ただ、足の一本でも折れれば、それでロック鳥が伯爵家へ挑戦したということになる」

「足一本で済む保証なんてどこにもないですよ。すぐに自己犠牲の精神を発揮するのは優秀な代官なんかじゃありません。島のことを第一に思うなら、領主である自分の身をもっと大切にしてください。デカい鳥に占拠されて、トップも不在になったら島はおしまいで――」

「はっはっはっは！」

リルリルの芝居がかった笑い声がひりついた対話をぶった切った。

「そなたらのバチバチのやりとり、なかなか面白(おもしろ)かったぞ！　これはこれで激しい戦いじゃ！　興味深く観戦させてもらった！」

静かに聞いているなと思ったら、高みの見物みたいな態度だったのか。

「こっちはこっちで必死だったんですよ。なんで、ちょっと他人事なんですか」

「師匠よ、一緒にロック鳥退治に汗を流さんか？」

リルリルは悩むことなく、そう言った。

「余にロック鳥を安全・確実に撃退できる素晴(すば)らしい薬を用意してくれ。それなら、そなたも納得できるじゃろ？」

そんなに簡単にできたら苦労しないし、もっと気楽に受諾してるわ！

「あの、ロック鳥は力だけでなく、知能もとても高いと言ってましたよね？」

「うむ。いわゆる鳥頭ではないそうじゃぞ。新手の領主が増えたと思うたほうがよい。知能が高いから人間と共生してる奴もおるそうじゃが、今回の奴は仲良くなる気はないんじゃろうな」

「なら、戦ってみてダメだったから帰宅して薬を改良しますってわけにもいかないですよ！　実質一発勝負です」

「心配するな。そなたがちょっとトチっても余は平気よ。大きさだけが自慢の鳥に負ける気などないわ。余を案じてくれるのはうれしいが、さすがに過保護じゃ」

あっ、単純に実力差があるから問題ないということなのか？

「余は幻獣という神に準じた立ち位置じゃ。むしろ神獣と呼ぶべきかもしれん。ドラゴンにしろロック鳥にしろ、そやつらは偉大な獣やおおいなる魔物かもしれんが、幻獣の比ではない」

獣とかの定義を細かく確認してないが、幻獣が偉大な存在なのは事実だ。

「ええ、リルリルがすごいのは認めます。料理の腕もなかなかのものですし」

「そんなところで褒（ほ）めるな」

「最高級ベルベットの手触りの毛並みですし。あれはいい仕事をしています」

「だから変なところを褒めるな。だいたいいい仕事ってなんじゃ。天然じゃ」

リルリルの気勢をそいだ。

「そなたは余が誰かに戦わされるのが気に入らんのじゃろ。じゃが、余は自主的に戦うんじゃぞ。敵が怖くて逃げ惑う守護幻獣なんて論外じゃ。代官が偉そうな理由が、島に危機があれば立ち向かう点にあるのと同じ理屈じゃ」

「それは、まあ、そうなんですが……」

「そなたの仕事は弟子の余が大勝利を収める魔導具(アーティファクト)を作ること。余に戦うなと止めることではなかろう？」

くっ……。上手(うま)いこと言いおって……。

私は樫(かし)の一枚板の執務机を左手でぱーんと叩(たた)いた。

そんなに音は出ないし、そのくせ痛かった。失敗した……。まあ、いい。

「ったく、面倒な注文ですね……。受けてやろうじゃないですか！　エメリーヌさん、成功したらそれなりの報酬は要求しますよ！」

私はエメリーヌさんのほうを向いた。

「お願いいたします、フレイアさん」

まだエメリーヌさんは悪代官の空気に戻らないらしい。あんまり、しおらしくされるとこっちがやりづらい。

「そう期待しないでください。それと、伯爵家への軍隊派遣の要請は継続してください。使うかどうかは別として、カードは何枚もあったほうがいい」

「はい、わたしも島の代官として全力は尽くすから」

「あと、ロック鳥の生態も大陸の伯爵家のほうで調べてもらえます？　島にある書籍の数なんてしれてますから。事前に調べられるものは調べておきましょう」

もっとも、私のこんな対策は五分後に無駄になるのだが――


代官屋敷を出た途端、突風が私に吹きつけてきた。

私は思わず目を閉じる。高台だから体を打つような風が来てもおかしくはないと思った。

リルリルが私の前に立った。

いや、弟子だからって身を挺してまで風を受けなくてもと思ったが――違った。

私たちの前に、人生で見た中で最も大きな鳥が浮かんでいたのだ。

絵で見たものよりはるかに鮮やかな深紅の羽の色。どことなく卵めいた曲線の巨体にくちばしがついている。

間違いない。間違いようもない。これこそロック鳥だ。この世の鳥とは思えないような神々しささえある。

獣姿のリルリルよりもさらに一回りは大きく見える。翼を広げたら、リルリルを包んでしまえるんじゃないか？

先手を打たれた。

まさか、向こうからやってくるだなんて……。人間を捕食するだなんて聞いていないが、肉食の大型の鳥類なんて珍しくもない。安心はできない。

「あなたがオオカミの幻獣リルリルさんで間違いありませんこと？」

そう、ロック鳥が言った。明らかな人の言葉で。

リルリルは獣の姿に変わる。人のままでは威厳が出ないと思ったか。

「いかにも。知能が高いというのは本当じゃな。それで、いったい何用じゃ？」

「あなたはこの島の守護幻獣として長らく信仰されてるそうですわね？　ということは早晩、島のてっぺんに住み着いたわたくしを追い出しに来るはず。どうせなら、こちらから宣戦布告をしようと思いましたの」

楽しそうにロック鳥は話す。

「リルリルさん、わたくしを追い出したかったら勝負に来なさい。わたくしも負ければ潔くほかの島に生活場所を移します。この世は弱肉強食にして優勝劣敗！　それが一番わかりやすいでしょう？」

「もとよりそのつもりじゃが、いつ、どこで、どう勝負をするんじゃ？　まさかチェスで決めようなどということはなかろう？」

ロック鳥は片方の翼を山のほうへと向けた。

「この島の山のてっぺんでお待ちしていますわ。いつでもかかってくるといいでしょう。挑戦者はいつでも歓迎いたしますわ！」

おいおい、話がどんどん進んでいくが、これでいいのか？

「あの、確認させていただきたいことがあるんですが、お話、よろしいですか？」

ロック鳥が偉そうなので、私は下手に出た。こういう輩はプライドを満たしてあげれば、話ぐらいは聞いてくれることが多い。

「ああ、島の方かしら。どうぞ、話しなさい」

「この青翡翠島の取り合いとして話が進んでますが、常識の範囲内で使用してもらう分には止めませんよ？　渡り鳥が住むことまで禁じる法なんてないですし」

獣が逃げ出すような事態を引き起こさないなら、山のてっぺんにロック鳥がいてもかまわないのだ。南の島だし、渡り鳥が飛んでくることだってあるだろう。

言葉が通じる相手なわけだし平和的に解決できればそれが一番いい。

「無粋ですわね」

とロック鳥がつまらないものを見る目で言った。

「この島のヌシである幻獣がいて、島を手に入れたと思っているロック鳥がいる。ならば、徹底して争うしかないでしょう。話し合いで妥協点を探るなんてロマンがないにもほどがありますわ！」

この鳥類、ロマンのために戦うつもりか⁉

「あの……お互い楽しく生活するために少しばかりそのロマンを犠牲にするわけには……？」

「無粋、無粋、本当に無粋！」

なんか鳴き声みたいに無粋って言うな！

「若い女性が安物の政治家みたいなことを言うだなんて！　わたくしが山のてっぺんで待つと言っているのだから勝気な言葉の一つでも吐きなさい！」

だんだん私も腹が立ってきた。

「ええと……それは私も宣戦布告をされていると考えてよいでしょうか？　たとえば、幻獣リルリルが戦う時に協力したりしますよ？」

「好きになさい。あなたもこの島で暮らす者でしょう？　ならばわたくしを追い出すために戦う権利がありますわ。さあ、島を取り返してみなさい！　それじゃ、長居も無粋だから、これで去るとしますわ。あはははっ！」

また突風が私の体を揺らす。別に吹き飛ばす意図はない。これがロック鳥の普通なのだ。

そのままロック鳥はばさばさと山のほうへと飛んでいった。

「完全に見つかってしもうたのう」

鳥の派手な長い尾を見つめながら、リルリルが言った。

「ロック鳥からしても、幻獣は目立ちますしね。でも、気は楽になりました」

私は地面を靴で強く蹴（け）った。

「絶対、勝ちますよ！　なんとしてもこの島から追い出します！」

◇

数日後、早くも代官屋敷からロック鳥関係の資料が工房に届けられた。どうやらエメリーヌさんは事前にロック鳥対策のために動いていたらしい。見た目は華奢（きゃしゃ）な小娘だが、代官としては優秀だ。

この人も文句（もんく）なしに島の一員だ。

しかし、資料を見ただけで打開策が思いつくほど甘くはないわけで……。

「う～ん……。弱点らしい弱点は書いてませんね……」

人間の歴史でロック鳥を討伐しまくった過去などない。

開店前の工房で私は腕組みして、唸(うな)っている。さっきまで何か思いつかないかなと庭を散歩したけど、結局、日の光をほどよく浴びただけで終わった。リルリルも人の姿で唸っていたが、とくに答えは出なかったらしい。

「余が動けなくなった煉獄蛾(れんごくが)の粉をロック鳥にも飲ませてやったらどうじゃ？　あやつの動きも止まるじゃろ？」

リルリルの発案はだいたい戦闘的なものだった。発想は悪くはない。

「問題はどうやって粉を飲ませるかですね。弓矢みたいに粉の入った袋を射出する？　そんな上手い具合いにはいかないか……。戦闘中はくちばしを閉じてると思いますし」

「余が強引(ごういん)にとっ捕まえて口をこじ開ける」

「それができるならすごいですけど……あの、正直なところ、あんな巨大すぎる鳥を止められますか？」

しばらくリルリルは無言でいた。

それから、ちらっと視線を泳がせた。

「もし正面からぶつかってこられたら、力負けするかもしれんのう……。目の前で見たら、予想以上に大きかった。ありゃ、ロック鳥の中でもことさら大型の奴じゃ」

「正直な答え、評価します。傲慢（ごうまん）は学問の敵ですからね」

リルリルよりロック鳥は大きい。つまり腕力勝負でも勝てるか怪しい。完全に無力化してしまわないと勝ち目は薄い。

無力化か。

水を使った方法が頭に浮かんだ。一つ、いや二つ。どっちもずいぶん初歩的な方法だし上手くいくかわからないが、なんとかこれでできやしないか？

いや、「できやしないか」じゃない。作るしかないのだ。技術的に試すことはできる。

「魔導具（アーティファクト）を試作します。原理自体は単純ですが、丈夫な管がないと実現しづらそうです。これはエメリーヌさんに大陸から運んできてもらいましょうか」

下準備は入念にやった。まず、山の各所に貯水槽を設置した。これは一種の確認作業だ。とくにロック鳥に警戒されず、壊されたりもしてないようなので、だんだんと貯水槽を山の上に上げていった。

準備の間、魔物が山から下りてくるという事態は起きていたが、クズ野菜なら食べていいという話をサルやリルリル経由で流したので、大きなトラブルにはなっていない。【片想い地面】を使って畑地自体は守っているし。とはいえ、山の上にいられなくなる魔物が増え続ければ、罠（わな）も覚悟で畑に突っ込む者も現れる。それまでにロック鳥をこらしめたいところではある。

そして、ついに決戦の日がやってきた。

風がほぼなく空も明るい、なんとも穏やかな日だった。その日を狙（ねら）って私たちは山頂へと上がったので当然だが。

山頂近くの貯水槽も無事だ。取りつけていた金属管も壊れたりはしていない。

「手抜かりはないはずです。では、リルリル、頼みますよ」

獣の状態のリルリルをぽんぽんと叩いた。

「言われるまでもない。ロック鳥の悪行三昧（ざんまい）も今日までじゃ」

リルリルが山頂近くの平坦地に顔を出すと、すぐにロック鳥が飛び出てきた。

さらに高台の、本当に山の一番上としか言えない不安定な場所に営巣（えいそう）しているらしい。そこまで高さにこだわらなくてもと思うが、野生動物は高所が本能的に好きなんだろう。

「待ちくたびれましたわ。けど、丸腰で挑まれるのも侮（あなど）られているようで楽しくありませんし、ちょうどいいですわね」

私は後ろの木のあたりに隠れている。といっても、存在はバレているだろうけど。私も前衛ではないが、いざとなったら戦闘には参加するつもりだ。手は自分用の魔導具（アーティファクト）に添えられている。

ただ、まさか私だけでなく、こんなにギャラリーがいるとは……。

私の周りには魔物がやたらと集まっているのだ。魔物に好かれる性質を私が持っているなんてことはないので、これは魔物たちの興味関心のせいらしい。自分の生活圏が守られるかどうかの戦いだと認識しているようだ。

「ふん、すぐに吠え面をかかせてやるからな！　いざ、勝負じゃ！」

「言われるまでもありませんわ！」

ロック鳥がばさりと翼をはためかせる。

次の瞬間にはその巨体が一気にリルリルめがけて突っ込んでいく。

ロック鳥の爪をリルリルが後ろ足二本で立って受け止めようとするが――

吹き飛ばされて、転がっていく！

「ちぃっ！　とことん重量級じゃな！」

リルリルが何度か転がったところで受け身をとる。自然界では体のサイズは強さの指標だ。現在、この島で最大のサイズなのはリルリルではなくロック鳥なのだ。

「それはそうでしょう！　大きいことは偉大なことなのですわ！」

今度はロック鳥がくちばしをリルリルに打ちつけてくる。

それはくちばしというより、槍だ。

猛然と何度もリルリルの顔を目指してぶつけてくる。

一発でも喰らったら大ケガだが、リルリルは前足――もう手と呼んでいいか――でそれをすべて防ぐ。

「たいしたことない！　くちばしだけの攻撃など単調ですぐに見切れるわい！」

リルリルはそう軽口を叩いているが、そこまで余裕があるようには思えない。一撃を喰らうだけで大ダメージになる。

もう魔導具(アーティファクト)を使ってくれていいぞ、リルリル。ここで大ケガをしたら意味がない。最悪、今回が失敗でも、このロック鳥は次の勝負も受け入れてくれるなら、新しい策を考えて戻ってきたらいいのだ。

リルリルが一度、距離を置いて、用意していた金属管を持つ。

これが私たちの秘密兵器だ。

「ええと……まずこのボタンを押すんじゃな……」

実戦で試したことはないから、リルリルは少しぎこちない。そこにロック鳥も突っ込んでくるが、ここは管を持ったまま逃げた。金属製でも少しは動かせる。

「それから、先端の木のかぶせものの部分を破壊するんじゃなっ！」

管をふさいでいる木の部分をリルリルは爪で叩き落とす。

同時に、水が豪快に管から噴出した。

その水がロック鳥にぶち当たる。

「あばばばばっ！　なんですの、これは！　こしゃくな！」

ロック鳥が離れようとするが、その間も勢いのついた水はその体を狙い撃(う)ちする。

「【好戦的水道(こうせんてきすいどう)】、ひとまずまともに動きはしましたね」

原理はものすごく単純で、起動ボタンを押すと渇きの石が水を一気に吸い込んで、吸い込み切れなくなってあふれた水を狭い出口から放出するだけだ。ほかにも多少は魔法で調整しているが、とにかく水を勢いよくぶっ放(ぱな)す。

ロック鳥はいったん空に浮かんで、離脱する。

ほぼリルリルの真上に浮かんでいる。これでは【好戦的水道】の威力も弱まる。できれば、もっと水を当てたいところだが……。

「まあ、直撃しなければ、そこまで危険もありませんわね。翼の掃除ができたと思うことにいたしますわ」

リルリルはロック鳥を見上げて、にやにやと笑った。

「ふん、つまり、水が苦しいから逃げただけではないか！　偉そうな態度に実力が伴っておらんな。もう少し謙虚に生きたほうが世渡りはしやすいぞ？」

「無礼ですわね！　道具を使って、やっと渡り合えるくせに！」

「道具の使用をそなたは禁じておらん。負けそうになってから、ぐじぐじ言いおるわ」

「無粋、無粋、無粋……！　少しは後悔させてやりますわ！」

またロック鳥が突っ込む。よしよし、そうでないと勝負にならないからな。

私の魔導具（アーティファクト）を持つ手にも力が入る。

ロック鳥の攻撃は容赦なかった。ムカついたのは事実らしい。リルリルはぶつかられて吹き飛んだが、管を持つ手を放しはしなかった。

「くっ……。どうせ腹を立てさせて、わたくしが降りてきたところに水を当てる作戦なのでしょうが……」

憎々（にくにく）しげにロック鳥が言った。

あっ！　バレてる、バレてる！　まずい！

どうしたものか……。普通は試合放棄は放棄した側の負けなのだが、この場合、放棄したロック鳥が遠くに逃げたら、こちらの負けということになりかねない。

「むっ……？　そ、そんなことないぞ……。そ、そなた、テキトーなことを並べて、自己を正当化しようとしておるな？　ここで逃げたら弱虫じゃぞ。ほれ、弱虫、弱虫！」

煽(あお)りが幼稚すぎる。

これでは向こうも乗るに乗れないだろう。

「あなたが水をぶつけるぐらいしか能がないのは知っています。それでも、自分の誇りにかけてわたくしは戦いますわ！　強い水は痛いですがたいしたことはありません！」

ロック鳥が妙に気高いことを言った。

これではどちらが正義かわからないな。

「今度はそのおなかにでも、がぶっとかじりついてやりますわ！」

ロック鳥が急降下してくる。

これまでで最大級の速度で。

「リルリル、どうかしのいで……」

自分の手が破れそうなほど握り締めた。

リルリルが無事でないと、勝ったことにはならない。

だが、わずかにロック鳥の動きが鈍(にぶ)った——ように感じた。

「効いてきたなっ！　これでも喰らうがよい！」

リルリルは跳び上がると、ロック鳥の眉間（みけん）に頭突きを浴びせた。

ロック鳥の目が空のほうを向いて、そのまま後ろに倒れた。砂ボコリが舞い、岩が崩れる音がした。

「くっ……！　どういうことですか。急に体に力が入らなくなりましたわ……。おかげで強襲を受ける羽目に……」

ロック鳥が苦々（にがにが）しげに言う。

「そうじゃろ、そうじゃろ。あれだけ水を浴びれば勢いも落ちるはずじゃ。動きを止める毒がたくさん入っておるからのう」

リルリルがまた水の出る金属管を握って笑う。

「なっ……！　ただの水じゃなかったんですか……」

「煉獄蛾の粉が入っておる。つまり、毒水じゃ」

「そうですよ」

私はようやく戦場にはっきり顔を出す。毒が効いてきてるならそう危なくもないだろう。

「過去にリルリルの動きを封じたものと同じものです。相手が大きいので、さらに量は増やしてますが」

リルリルが「過去のことは言うな」と言っているが、無視して話を進める。

「水圧で攻撃していると思ったでしょう。違うんですよ。毒の入った水で目を狙ったんです。体に毒をたくさん流し入れれば私たちの勝ち！」

「ということはあの水の勢いは意図を誤魔化(ごまか)すためのものということですのね」

忌々(いまいま)しそうにロック鳥が言う。

「そう解釈してもらってけっこうです。ちょろちょろ水をかけただけだと、水の性質のほうを警戒されますからね」

「ええ、油断せずに戦う――大変よい心がけですわ。ですが、勝ちと判断するのが早すぎましたわね」

倒れていたロック鳥が翼を動かして、簡単に起き上がる。

私の目の前にロック鳥の巨体がそびえていた。

「毒が回るまで少しは動けるようですわ。その間に一矢報(むく)いさせていただきます！」

翼で私を叩くつもりか。その一撃だけでも大ケガにつながるので勘弁してほしい！

なので、私は握り締めていた管をロック鳥に向けた。

そう、私だって武装ぐらいはしている。

その管の開口部から急速な冷気が放たれる。

「【瞬間冷凍砲】！」

ロック鳥の翼が変なところで固定される。

「つっ、冷たいっ！　あっ……翼が動かな……」

そりゃ、あれだけ濡(ぬ)れていたものに強い冷気を浴びせれば凍りつくだろう。

「水を使った策は一つじゃないんですよ！」

ロック鳥は再び、変な姿勢で地面に倒れた。

「くうっ……！　わたくしとしたことが、こんな無様な敗北をするだなんて！　キアアアアア、キアアアアアアッ！」

よほど悔しいのか、ロック鳥はひどい音量で鳴いた。

とんでもなく耳障りだった。

「うわっ！　やめてください！　負けたのにこちらの鼓膜を攻撃するとか卑怯ですよ！」

耳をふさいで私は叫んだ。

少しでも鳴き声を相殺しないとやってられない！　聞くだけで涙が出そうになる！

「せめて声でもあげて紛らわせるしかないじゃないですか！　キアアアア、キアアアアアアアアッ！」

リルリルにいたっては、「聞いてられん！　耳が壊れる！」と脱兎のごとく、山を下っていった。

おい、逃げるな、逃げるな！　まだやることは残ってる！

世の中にはいろんな攻撃手段があるものだと実感した。できれば、いろんな攻撃を味わいたくなどないけど……。

◇

ロック鳥が鳴くのをやめたので、私たちはやっと交渉に入った（リルリルは鳴き声が消えたとわかると戻ってきた。行動パターンは野生動物と大差ない）。

「あなたの名前ってありますか？　言語を使えるぐらいだから、名前もありますよね」

「長くて覚えられないだろうから通称のほうでお伝えしますと、ナーティア・ハーゴット・スミティアナ・アントメイユですわ。過去に住み着いた土地の名前を並べたものです」

「それさえも長いので、ナーティアと呼びます。ナーティアさん、あなたは戦いに敗れました。これまでのように、青翡翠島での一円的な縄張りを主張するのは禁止します。ほかの獣を追い出すような行為も禁止。良識の範囲で島は利用すること。よいですね？」

「わかりましたわ……。このナーティア・ハーゴット・スミティアナ・アントメイユ、自分の名誉にかけてウソは申しません」

会話が通じるので、交渉自体はどうにかなりそうだ。

リルリルは胡散臭(うさんくさ)そうに転倒しているロック鳥を見つめていた。

「フレイアよ、ウソをついた場合の罰則も設けておけ。そんな話、聞いておらんと居直る危険がある」

「そんな無粋なこと、いたしませんわ！」

無粋かどうかがロック鳥の行動原理らしい。言葉をしゃべるだけあって、人間的な価値観だ。

「じゃあ、約束を破った場合、あなたが取るに足らないショボい鳥であることを全世界に発信して笑いものにします。これでどうですか？」

「人間というのはずいぶん陰険なことを考えつきますのね」

「あなたが名誉にこだわるから、それに関する制約をつけたわけです。それと……ついでに聞きますけど、あなた、何を食べてるんですか？」

野生動物をばくばく食べる分にはそういう生態系だから仕方ない。私だってクレールおばさんの豚や羊の料理をばくばく食べている。でも、毎日牛を五十頭食べますと言われると、それは規制をしなければ島が滅ぶ。つまり、やりすぎはダメという常識的な話である。で、常識は種族によって違うだろうから確認の必要がある。

「基本的に魚類ですわね。昨日もマグロを一尾ちょうだいいたしましたわ」

海で漁をしてるのか！

「じゃあ、島の高いところで暮らしてもらっても、共生できそうですね」

「負けてしまった以上は慎ましやかに生きることといたしましょう」

この言葉を信じるとしよう。トラブルが続くなら、また考える。

「では、私たちは下山します」

山の上は日差しが強い。トイレもないし、そろそろ帰りたかった。

「あ、そうだ、人間さん、あなたの名前も聞かせていただけませんか？」

名乗るほどの者でもないですよというのはかえって失礼か。

「フレイアです」

我ながらありふれた名前だと思うのだが、

「フレイア様ですか。よい名前ですわね」

ロック鳥の基準だと悪くはないらしい。褒められたのだからよしとするか。

「ふぅ……一安心です。大きな仕事をしました」

私は幻獣形態のもふもふリルリルに体を預けながら深呼吸した。歩く体力はないので、このまま運んでもらう。リルリルが断崖を駆け降りるようなルートをとることはないと思いたい。

「家に帰ったら、少し昼寝をするとよい。そなたも緊張したであろう。――といっても、すでに寝ておるわけじゃがな」

「人間としては数日休んで文句言われることがないぐらい働いたんです。ですが、働いたあとのもふもふは素晴らしいですね」

私は犬吸いを楽しむ。勝手にこしらえた造語だ。辞書には載ってないと思う。

「あぁ～、このまま溶けてリルリルと同化していきそうですねぇ～」

「気色悪いこと言うな！　そういうこと言うなら降りよ！」

「いえ、降りません。ここで日々のストレスをすべて発散するんですから。すぅはぁすぅはぁ、はぁはぁすぅすぅ……」

「な、なんか……けがされてる気がする……。怖いから、一回そのへんで寝るのじゃ！」

リルリルは私を芝生の上に、ころんと転がした。なんともやわらかい地面だ。人間を降ろす場所も熟知しているらしい。

私の顔にリルリルの前足の肉球部分がかぶせられる。

「うわっぷ！　なんだか、やわらかいパンを押しつけられたような感覚！」

「ここで寝ていけ。寝ているそなたを運ばんと怖い」

「肉球は離してください。いや、これはこれでやわらかくて悪くないかも……」

「学院でどういう教育されたらこうなるんか教えてほしいわ」

学院の評判が局地的に下がってるけど、とくに母校に愛もないのでいいや。

「厄介な戦いでしたが、終わりよければすべてよしということで」

「そうじゃな、フレイアもこれから何年も暮らしていくのじゃから、変な支配者気取りが消えてよかったわ」

その言葉にはっとなった。リルリルには肉球のせいで見えてないだろうが。

島に来た頃（ころ）には三年の奉公期間が終われば出ていくつもりだった。不便な島でのんびりだらだら暮らせるとも思えなかったし。

でもこの島なら定住してもよいかもしれない。リルリルもいることだし。

「養（やしな）ってくれるというなら、いてあげてもいいですよ」

「フレイアは師匠なんじゃから、弟子から逃げるな」

そういう考え方もあるか。まあ、奉公期間を満了せずに出ていけば錬金術師の免許はなくなるけど、奉公期間後も暮らす分には問題ない。三年たったら考えればいい。

眠りに落ちた私はパンを顔に押しつけられる夢を見た。

いい夢か、悪い夢か、判断に困る内容だと思う。

エピローグ

ロック鳥問題が解決したことを代官のエメリーヌさんに報告したら、恋人の命を救ったぐらいに感謝された。

「ほんっとーにっ、ありがとう！　お礼に何か、物でお返しさせて。錬金術関係の稀覯書でほしい本があれば、取り寄せようと思うんだけど」

「いやあ、そんなお礼だなんて……。では、百五十万ゴールドほどする本を一冊いただけますか？」

あんまり強く辞退してお礼がなくなると怖いので、我ながら形式だけ辞退して、すぐ要求した。

「案外がめついのう」

人の姿のリルリルが首をかしげた。いいだろ、錬金術師としての成長のための投資なんだから。贅沢三昧のために使うのではない。

「それぐらいなら、どうってことないから。ロック鳥退治に軍隊が数百人派遣されることを思えば安い買い物よ」

「それはそうじゃの」

リルリルもそれを聞いて納得していた。私たちは青翡翠島の大問題を丸く収めた英雄みたいなものなのだ。

「リルリルも何かほしいものがあったら言っておくといいですよ。守護幻獣として役目を果たしましたから」

「マグロじゃな」

私もエメリーヌさんも何のことだという顔をした。

「ロック鳥がマグロという魚を獲って食っておるそうでな。せっかくじゃから、余も食べてみたい」

大型の魚らしいので、これは漁師の皆さんに汗をかいてもらうことになりそうだ。

代官屋敷からの帰り、人の姿のリルリルとぶらりと村、そして工房へ続く街道を歩いた。

山の頂上のほうに目をやったが、ロック鳥が飛んでいたりはしなかった。ひっそり謹慎しているのか、海に餌を探しに行っているのか。どちらにしろ平和である。

「錬金術師になってすぐになかなかの大仕事でした。しばらく連休がほしいです」

「工房の営業はぼうっとしておる時間が大半なんじゃから、休日みたいなもんじゃろ」

「口が悪いですね……。そしたら、そろそろリルリルも薬草の調合をやってみますか。売ったら犯罪ですけど、錬金術師立ち合いで練習をするのは問題ないので」

「おおっ！　やる、やる！　本を読んでばかりで飽きてきておったのじゃ！」

本当はもっと知識を得てからのほうがいいんだけど、私も弟子には甘いのかもな。

「しばらくは大きな問題も起きないでしょうし、今のうちに調合の基礎を体に覚え込むのはいいいんじゃないですか。難しさに気づけば、私への尊敬の念も少しは高まるでしょう」

「そういう軽薄なことを言うからすごい割に尊敬できんのじゃぞ」

「よく聞こえませんね」

村で顔を合わせた人たちにあいさつを交わして、私たちは工房に戻った。今日も今日とて昼だけ営業するのだ。

と、入り口の前で誰(だれ)かが立っている。

よもや急患か？　ただ、焦(あせ)った空気は感じない。

それと、村の人でもない。青みがかった髪で、お嬢様といった出(い)で立ちで、ワンピースも貴人の外出着といった高価なものだった。村の人たちに悪いが、島民の装いではない。それと女性にしてはやけに背が高い。私より軽く頭一つ高いのではないか。

錬金術の協会かなんかから派遣されてきた人か？　指導教官だった教授の監査は公的なものじゃないからな。新米がまともに運営しているのか、目を光らせることはあるかもしれない。

「何かご用件ですか？」

私は上目遣(うわめづか)いでそのお嬢様に声をかけた。背が高いので顔を見ると自然と上目遣いになってしまうのだ。

「フレイア様！　お出かけしてたらしたんですのね」

名前が知られている。やはり監査の人か？

「ええと、工房はまだ開店前なのですが、どんなものをご所望(しょもう)ですか？」

「いえ、客ではありません。わたくし、錬金術を学んだことが一度もありませんので、後学のために手ほどきをお受けできないかと思いまして」

なんだ、弟子入りしたいということか？　私の名前なんて、せいぜい学院でしか知られてないはずだが……。

「あの、私はまだ新人の錬金術師ですし、弟子を何人もとるような実績は……」

「実績なら十二分にお持ちではありませんか。わたくし、見事に不覚をとってしまいました。言い訳をするつもりもございませんわ」

ん？　なんの話だ？

と、リルリルがくんくん嗅ぐように少し相手に顔を近づけた。

「こやつ、嫌なにおいがする！　ロック鳥のにおいがしておる！」

なっ！

「当たり前でしょう、わたくしロック鳥のナーティアですもの」

なんでもないことのようにお嬢様は言った。

「ちょっと待ってください！　あなたも人の姿になれるんですか？」

「長く生きていればそれぐらいは。体が大きいと不便な時も多いですから。それで、弟子として置いていただきたいのですが、いかがでしょうか？　人間が長い年月をかけて作ってきた体系に興味が湧いてきたのです」

「帰れ、帰れ！　この工房の規模で何人も弟子などいらん！　人の姿になれるんじゃから、王都の

学院でもなんでも勝手に受験したらよかろう！」

「はぁ……。都市に住まうとなれば、鳥の姿で羽ばたくこともできませんし、窮屈極まりないではありませんか。こんな近場に知を深められる場があるのになんで遠方まで出向かなければならないのです？」

自称ロック鳥のナーティアは両手を上に向けて、話にならないというポーズをとった。ナーティアという名前は広まってないはずだから、名を騙ってる可能性はない。

「もちろん、お仕事の邪魔にならない範囲で教わるつもりですわ。いかがでしょう？」

そんな何人も弟子を育てる自信なんてない。教授に伝えたら「偉くなったもんだな」と確実におちょくられるだろう。

だが、島のてっぺんに住み着いている鳥を厄介払いできるか？　報復されたら工房は三分で破壊される……。

「少なくとも、こんな小さなオオカミ風情より、よほど熱心に学びますわ。オオカミとは見聞の量が違いますし」

ナーティアがリルリルを見ずに指差した。

「余じゃって世界各地を渡り歩いたりしておるわ！　だいたい守護幻獣にことわりなく島に勝手に住み着いてなんでそんなに偉そうなんじゃ！　まず余にあいさつせんかい！」

矮小な人間の前で大いなる者同士の大人げないケンカがはじまっている。

工房に着いたばかりなのに、引き返して代官屋敷に行きたくなった。いや、本当に代官屋敷に行って【念話器（ねんわき）】を借りて、教授と相談するべきか。私一人で決められる問題ではない。

「一日猶予をください。ここの代官と協議をします」

「ああ、代官屋敷まで行かれるんですのね。それでしたら――」

お嬢様が私の目の前で、あの巨大な紅の鳥に変化した。

「わたくしに乗ればすぐに着きますわ。どうぞ、ご利用ください。こんなことぐらいで恩を売るつもりはありませんのでご安心を」

私はロック鳥を見上げながら、思った。

離島の錬金術師には離島の錬金術師ならではの問題があるものだ……。

ただ、それはそれとして――

「あの、ちょっとおなかのところ、ひっつかせてもらえませんか？」

「は、はい？」

「ひっつかせてください」

「まあ、少し触るぐらいであれば……」

私はロック鳥のおなかに体を寄せた。

おっ、これは――超高級羽毛布団（ぶとん）に沈んでいく感覚と同じ！　いや、超高級羽毛布団を試したことはないのだが、絶対に近いと確信が持てる！　ここまで優しく体を包んでくれる物質はこの世界にほかにない！

もふもふした感触とは違う。もっとなめらかに体をくるんでくれるのだ。これは優しさの化身！

慈愛の物質化！　母なる者！

「ああ、ママみとはこういうことを言うんですね……。わかりました、すべてわかりましたぁ……」

「あの、少し粘着質な触れ方のようですが……もうよろしいでしょうか……？」

「ママ……すべての生命のママ……。きっと【賢者の石】と呼ばれる伝説の魔導具もここから生まれたはずっ！」

と、後ろからいきなり強い力で私はひきはがされた。

当然リルリルだ。

「すまんな。このまま戻ってこんヤバさがあったので、緊急でひっぺがした」

文句を言いたかったが、ナーティアがうなずいていたので、苦情を言うのは控えた。客観的に私のほうが異常だったらしい。

「はぁ、よかった……。鳥類のやわらかさというのも、またよいですね……。わかりました、ナーティア、あなたを弟子と認めましょう」

「……ちょっと考えさせていただけませんかしら」

「そっちが頼んできたのに、なんで悩むんですか！」

それはおかしいだろう。道理が通らない。

「優れた錬金術師にしても魔導士にしても性格が変わっているとは考えていたのですが、想定よりも斜め上だったもので……」

ミスティール教授、かつて私は性格に難があるとおっしゃっていましたが、そのとおりのようです。

まあ、こういう性格のまま、なんとか南の島でやっていこうと思いますが。

しばらく島から離れるのは弟子のこともあって難しいですが、島に来てもらえる分には歓迎いたします。

それと、お土産はおいしい王都のお菓子でお願いいたします。

終わり

錬金術師のゆるふわ離島開拓記

あとがき

このたびは、「錬金術師のゆるふわ離島開拓記」をお読みいただきありがとうございます！

新米錬金術師がなにかと戸惑いながらも一人前になっていく様子を、楽しんでもらえたならありがたいです。

数年前に何箇所かの薬草園を巡りました。そこで、薬草という扱いでとんでもない種類の草が並んでいるのを見て、「この世界の植物ってほぼ全部薬草なんだな」ということを改めて実感しました。とくに福島県会津若松市の御薬園は日本庭園もかっこよくて、強めに記憶に残っています。

さすがに日本庭園とこの作中の庭とはまったく違うものを考えて書いていますが……それにしても、薬草園ということはある意味庭園だから、この錬金術師の工房にも庭園があるはずだという意識は会津若松市で生まれたのだと思います。ただ、作中はかなり温暖な島という設定なので、ヤシの木とか生えてそうな場所をイメージしてください！

また、御薬園ではお土産コーナーで薬草茶だったかキノコ茶だったか、そういうものを飲める場所があって、アツアツのお茶を冷ましながら少しずつ飲むと体力が回復していくのを実感しました。ただ、過去の記憶なので、全然実際と違っていたらすみません……。じゃあ、あまり記憶に残ってないじゃんという話ですが、こういうのっていろんな記憶がミックスされるものなので……。

そういう経験などもあって、この話ができました。フレイアはだいぶ危なっかしい奴で今後も何かやらかしそうですが、温かく見守っていただければ幸いです。

イラストは松うに先生に描いていただきました。このたびは素晴らしいイラストの数々、本当にありがとうございます！　とくに表紙イラストのさわやかな空気感が最高です！

作中のフレイアはだいぶこじらせた性格をしているので、作者の僕もこんないい表情になる時があるんだなと驚いています（笑）。だいたいリルリルに何か余計なことを言って、幻滅されているイメージです。書いてる自分でも、このフレイアって奴、性格悪いなと思う時があるので（笑）。

ただ、フレイアは性格は悪いですが善人ではあるので、それなりにどうにかやっていくはずです。読者の皆様も、この先のフレイアたちを応援していただけますと幸いです。

フレイアは学生時代、友達付き合いを上手くこなせてませんでしたが、おそらくこの島ではリルリルもいるのでなんとかやっていけそうです。少なくとも、リルリルはフレイアを師匠ではなくて友達だと認識していますし、フレイアもそれに問題を感じてはいないようなので。

友達付き合いが下手な人でもおそらくいろんな種類があると思っています。

この作品のリルリルもエメリーヌも「友達」は少ない奴です。事情はフレイアとはまったく違いますが、しょうもないことを話してちゃんと笑い合える人があまりいないという意味では近いです。

そういう人たちが適切な距離感で無理なく楽しくやっていける世界を作れればと思っております。

作者の僕も友達少ない立場なので切実です！

ちなみに、元々の設定ではフレイアははるかにさばさばした性格と雰囲気の奴でした。

それで書いてみたところ、感情の起伏が小さいからか全然楽しい雰囲気が作れず、性格を少しだけハイにして書き直しました。

すると、違和感なくスラスラと書けたので、ちょっとした性格の違いが話に大きく影響を与えるのだなということを久々に感じました。実は七、八年ぐらい前に同じようなことがあったんです。その時はヒロインの性格を少し暗く変更したところ、スラスラ書けるようになったので、修正の方向が逆なのですが。

その時は元の明るい性格のヒロインを書いていた際、やけにニセモノ感がありました。作者が書いてるので論理的にはおかしいのですが、作者にすらキャラを作ってる印象があったんです。もっと素を出してくれないと楽しめないなと。それで、性格を少し暗く口調も毒舌気味にした途端、これがこの子の本来の性格だと了解できました。キャラごとにしっくりくる性格というのがあるようで、それを探し出すのも大変だけど面白いです。

フレイアも小生意気な今の性格のほうがハマっています。


そして、この本は「スライム倒して300年」とコラボキャンペーンをしております。詳細はオビ裏をごらんください！　コラボストーリーも書きましたので、こちらもごらんください！

この作品から入ったという方も、「スライム倒して300年」からこの作品に来てくださった方も、両方の作品を楽しんでもらえるとうれしいです！
それではまた次回、お会いしましょう！

森田季節（もりたきせつ）

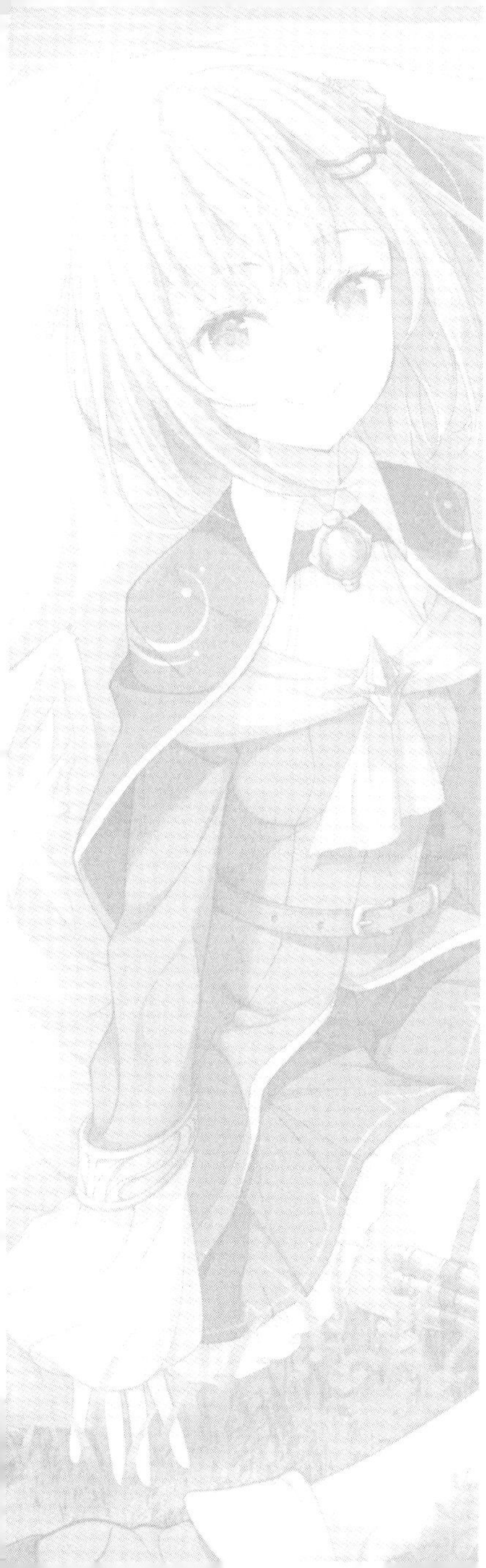

錬金術師のゆるふわ離島開拓記

2024年12月31日　初版第一刷発行

著者　森田季節

発行者　出井貴完

発行所　SBクリエイティブ株式会社
〒105-0001　東京都港区虎ノ門2-2-1

装丁　AFTERGLOW

印刷・製本　中央精版印刷株式会社

ISBN978-4-8156-2220-6
Printed in Japan

ファンレター、作品のご感想をお待ちしております。

〒105-0001　東京都港区虎ノ門2-2-1
SBクリエイティブ株式会社
GA文庫編集部 気付

「森田季節先生」係
「松うに先生」係

本書に関するご意見・ご感想は
下のQRコードよりお寄せください。
※アクセスの際に発生する通信費等はご負担ください。

試読版は

こちら!

スライム倒して300年、知らないうちにレベルMAXになってました26

著：森田季節　画：紅緒

300年スライムを倒し続けていたら、

いつの間にか――（高原の）スライムが増えてました！？

「いや300年倒し続けてるのに増えるんかい！」

…なんて一人ノリツッコミする私（寒。）

ともあれ。娘たちにも理由がわからないようで、一緒に調べてみることにしたのですが――！？　ほかにも、温泉妖精と究極の温泉に行ってみたり、久しぶりに大スライムに会ったりします！

巻末にベルゼブブのドタバタわーきんぐ物語「ヒラ役人やって1500年、魔王の力で大臣にされちゃいました」も収録でお届けです！！

試読版は
こちら!

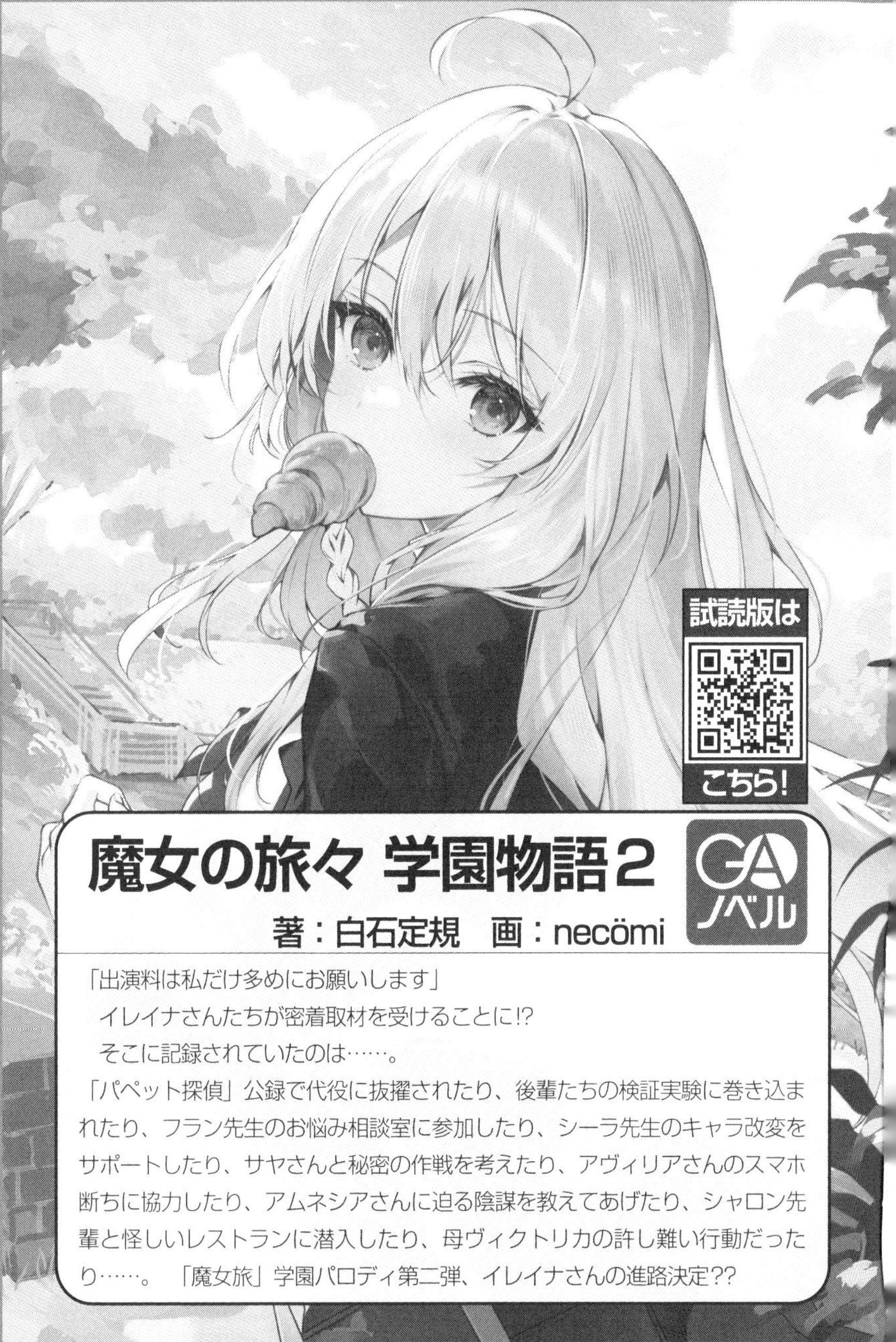